新潮文庫

津軽通信

太宰治著

新潮社版

2819

目次

短篇集

津軽通信

解説　奥野健男

津軽通信

短篇集

ア、秋

本職の詩人ともなれば、いつどんな注文があるか、わからないから、常に詩材の準備をして置くのである。

「秋について」という注文が来れば、よし来た、と「ア」の部の引き出しを開いて、愛、青、赤、アキ、いろいろのノオトがあって、そのうちの、あきの部のノオトを選び出し、落ちついてそのノオトを調べるのである。

トンボ。スキトオル。と書いてある。

秋になると、蜻蛉《とんぼ》も、ひ弱く、肉体は死んで、精神だけがふらふら飛んでいる様子を指して言っている言葉らしい。蜻蛉のからだが、秋の日ざしに、透きとおって見える。

秋ハ夏ノ焼ケ残リサ。と書いてある。焦土である。

夏ハ、シャンデリヤ。秋ハ、燈籠《とうろう》。とも書いてある。

コスモス、無残。と書いてある。

いつか郊外のおそばやで、ざるそば待っている間に、食卓の上の古いグラフを開いて見て、そのなかに大震災の写真があった。一面の焼野原、市松の浴衣《ゆかた》着た女が、たったひとり、疲れてしゃがんでいた。私は、胸が焼き焦《こ》げるほどにそのみじめな女を恋した。おそろしい情慾《じょうよく》をさえ感じました。悲惨と情慾とはうらはらのものらしい。息がとまるほどに、苦しかった。枯野のコスモスに行き逢《あ》うと、私は、それと同じ痛苦を感じます。秋の朝顔も、コスモスと同じくらいに私を瞬時窒息させます。

秋ハ夏ト同時ニヤッテ来ル。と書いてある。

夏の中に、秋がこっそり隠れて、もはや来ているのであるが、人は、炎熱にだまされて、それを見破ることが出来ぬ。耳を澄まして注意をしていると、夏になると同時に、虫が鳴いているのだし、庭に気をくばって見ていると、桔梗《ききょう》の花も、夏になるとすぐ咲いているのを発見するし、蜻蛉だって、もともと夏の虫なんだし、柿《かき》も夏のうちにちゃんと実を結んでいるのだ。

秋は、ずるい悪魔だ。夏のうちに全部、身支度をととのえて、せせら笑ってしゃがんでいる。僕くらいの炯眼《けいがん》の詩人になると、それを見破ることができる。家の者が、夏をよろこび海へ行こうか、山へ行こうかなど、はしゃいで言っているのを見ると、ふびんに思う。もう秋が夏と一緒に忍び込んで来ているのに。秋は、根強い曲者《くせもの》である。


怪談ヨロシ。アンマ。モシ、モシ。

マネク、ススキ。アノ裏ニハキット墓地ガアリマス。

路《みち》問エバ、オンナ啞《おし》ナリ、枯野原。

よく意味のわからぬことが、いろいろ書いてある。何かのメモのつもりであろうが、僕自身にも書いた動機が、よくわからぬ。

窓外、庭ノ黒土ヲバサバサ這《は》イズリマワッテイル醜キ秋ノ蝶《ちょう》ヲ見ル。並ハズレテ、タクマシキガ故《ゆえ》ニ、死ナズ在リヌル。決シテ、ハカナキ態ニハ非《あら》ズ。と書かれてある。

これを書きこんだときは、私は大へん苦しかった。いつ書きこんだか、私は決して忘れない。けれども、今は言わない。

捨テラレタ海。と書かれてある。

秋の海水浴場に行ってみたことがありますか。なぎさに破れた絵日傘が打ち寄せられ、歓楽の跡、日の丸の提灯《ちょうちん》も捨てられ、かんざし、紙屑《かみくず》、レコオドの破片、牛乳の空瓶《あきびん》、海は薄赤く濁って、どたりどたりと浪《なみ》打っていた。

緒方サンニハ、子供サンガアッタネ。

秋ニナルト、肌ガカワイテ、ナツカシイワネ。

飛行機ハ、秋ガ一バンイイノデスヨ。

これもなんだか意味がよくわからぬが、秋の会話を盗み聞きして、そのまま書きとめて置いたものらしい。

また、こんなのも、ある。

芸術家ハ、イツモ、弱者ノ友デアッタ筈《はず》ナノニ。

ちっとも秋に関係ない、そんな言葉まで、書かれてあるが、或《ある》いはこれも、「季節の思想」といったようなわけのものかも知れない。

その他、

農家。絵本。秋ト兵隊。秋ノ蚕。火事。ケムリ。オ寺。

ごたごた一ぱい書かれてある。

（「若草」昭和十四年十月号）

女人訓戒

辰野隆《たつのゆたか》先生の「仏蘭西《フランス》文学の話」という本の中に次のような興味深い文章がある。「千八百八十四年と云《い》うのであるから、そんな古い事ではない。オオヴェルニュのクレエルモン・フェラン市にシブレエ博士と呼ぶ眼科の名医が居た。彼は独創的な研究によって人間の眼は獣類の眼と入れ替える事が容易で、且《か》つ獣類の中でも豚の眼と兎《うさぎ》の眼が最も人間の眼に近似している事を実験的に証明した。彼は或《あ》る盲目の女に此《こ》の破天荒の手術を試みたのである。接眼の材料は豚の目では語呂《ごろ》が悪いから兎の目と云う事にした。奇蹟《きせき》が実現せられて、其《そ》の女は其の日から世界を杖《つえ》で探る必要が無くなった。エディポス王の見捨てた光りの世を、彼女は兎の目で恢復《かいふく》する事が出来たのである。此の事件は余程世間を騒がせたと見えて、当時の新聞にも出たそうである。然《しか》しながら数日の後に其の接眼の縫目が化膿《かのう》した為《た》めに――恐らく手術の時に消毒が不完全だったのだろうと云う説が多数を占めている――彼女は再び盲目になって了《しま》ったそうである。当時親しく彼女を知っていた者が後に人に語って次のような事を云った。

――自分は二つの奇蹟を目撃した。第一は云う迄《まで》もなく伝説中の奇蹟と同じ意味に於《お》ける奇蹟が、信仰に依《よ》らずして科学的実験に依って行われたと云う事である。然し之《こ》れは左迄《さまで》に驚く可《べ》き現象ではない。第二の奇蹟のほうが自分には更に珍であった。それは彼女に兎の目が宿っていた数日の間、彼女は猟夫を見ると必ず逃げ出したと云う現象である。」

以上が先生の文章なのであるが、こうして書き写してみると、なんだか、ところどころ先生のたくみな神秘捏造《ミステフイカシオン》も加味されて在るような気がせぬでもない。豚の眼が、最も人間の眼に近似しているなどは、どうも、あまり痛快すぎる。けれども、とにかくこれは真面目《まじめ》な記事の形である。一応、そのまま信頼しなければ、先生に対して失礼である。私は全部を、そのままに信じることにしよう。この不思議な報告の中で、殊《こと》に重要な点は、その最後の一行《いちぎょう》に在る。彼女が猟夫を見ると必ず逃げ出した、という事実に就いて私は、いま考えてみたい。彼女の接眼の材料は、兎の目である。おそらくは病院にて飼養して在った家兎にちがいない。家兎は、猟夫を恐怖する筈《はず》はない。猟夫を、見たことさえないだろう。山中に住む野兎ならば、あるいは猟夫の油断ならざる所以《ゆえん》のものを知っていて、之を敬遠するのも亦《また》当然と考えられるのであるが、まさか博士は、わざわざ山中深くわけいり、野生の兎を汗だくで捕獲し、以《もっ》て実験に供したわけでは無いと思う。病院にて飼養されて在った家兎にちがいない。未《いま》だかつて猟夫を見たことも無い、その兎の目が、なぜ急に、猟夫を識別し、之を恐怖するようになったか。ここに些少《さしょう》の問題が在る。

なに、答案は簡単である。猟夫を恐怖したのは、兎の目では無くして、その兎の目を保有していた彼女である。兎の目は何も知らない。けれども、兎の目を保有していた彼女は、猟夫の職業の性質を知っていた。兎の目を宿さぬ以前から、猟夫の残虐《ざんぎゃく》な性質に就いては聞いて知っていたのである。おそらくは、彼女の家の近所に、たくみな猟夫が住んでいてその猟夫は殊にも野兎捕獲の名人で、きょうは十匹、きのうは十五匹、山からとって帰ったという話を、その猟夫自身からか或《あ》るいは、その猟夫の細君からか聞いていたのでは無かろうかと思われる。すると、解決は、容易である。彼女は、家兎の目を宿して、この光る世界を見ることができ、それ自身の兎の目をこよなく大事にしたい心から、かねて聞き及ぶ猟夫という兎の敵を、憎しみ恐れ、ついには之をあらわに回避するほどになったのである。つまり、兎の目が彼女を兎にしたのでは無くして、彼女が、兎の目を愛するあまり、みずからすすんで、彼女の方から兎になってやったのである。女性には、このような肉体倒錯が非常にしばしば見受けられるようである。動物との肉体交流を平気で肯定しているのである。或る英学塾の女生徒が、Lという発音を正確に発音したいばかりに、タングシチュウを一週二回ずつの割合いで食べているという話も亦、この例である。西洋人がLという発音を、あんなに正確に、しかも容易にこなしているのは、大昔からの肉食のゆえである。牛の肉を食べるので、牛の細胞がいつしか人間に移殖され、牛のそれの如《ごと》く舌がいくぶん長くなっているのである。それゆえ彼女もLの発音を正確に為《な》す目的を以て、いま一週二回の割合いでタングシチュウを、もりもり食べているというのである。タングシチュウは、ご存じの如く、牛の舌のシチュウである。牛の脚の肉などよりは、直接、舌のほうに効目があろうという心意気らしい。驚くべきことは、このごろ、めきめき彼女の舌は長くなり、Lの発音も西洋人のそれとほとんど変らなくなったという現象である。これは、私も又聞で直接に、その勇敢な女生徒にお目にかかったことは無いのだから、いま諸君に報告するに当って、多少のはにかみを覚えるのであるが、けれども、私は之をあり得ることだと思っているのである。女性の細胞の同化力には、実に驚くべきものがあるからである。狐《きつね》の襟巻《えりまき》をすると、急に嘘《うそ》つきになるマダムがいた。ふだんは、実に謙遜《けんそん》なつつましい奥さんであるのだが、一旦《いったん》、狐の襟巻を用い、外出すると、たちまち狡猾《こうかつ》きわまる嘘つきに変化している。狐は、私が動物園で、つくづく観察したところに依っても、決して狡猾な悪性のものでは無かった。むしろ、内気な、つつましい動物である。狐が化けるなどは、狐にとって、とんでも無い冤罪《えんざい》であろうと思う。もし化け得るものならば何もあんな、せま苦しい檻《おり》の中で、みっともなくうろうろして暮している必要はない。とかげにでも化けてするりと檻から脱《ぬ》け出られる筈だ。それができないところを見ると、狐は化ける動物では無いのだ。買いかぶりも甚《はなは》だしい。そのマダムもまた、狐は人をだますものだと単純に盲信しているらしく、誰もたのみもせぬのに、襟巻を用いる度毎《ごと》に、わざわざ嘘つきになって見せてくれる。御苦労なことである。狐がマダムを嘘つきにしているのでは無く、マダムのほうから、そのマダムの空想の狐にすすんで同化して見せているのである。この場合も、さきの盲目の女の話と酷似しているものがあると思う。その兎の目は、ちっとも猟夫を恐怖していないばかりか、どだい猟夫というものを見たことさえないのに、それを保有した女のほうで、わざわざ猟夫を恐怖する。狐が人をだますものでもないのに、その毛皮を保有したマダムが、わざわざ人をだます。その心理状態は、両女ほとんど同一である。前者は、実在の兎以上に、兎と化し、後者も亦、実在の狐以上に、狐に化して、そうして平気である。奇怪というべきである。女性の皮膚感触の過敏が、氾濫《はんらん》して収拾できぬ触覚が、このような二、三の事実からでも、はっきりと例証できるのである。或る映画女優は、色を白くする為に、烏賊《いか》のさしみを、せっせとたべているそうである。あくまで之を摂取すれば、烏賊の細胞が彼女の肉体の細胞と同化し、柔軟、透明の白色の肌を確保するに到るであろうという、愚かな迷信である。けれども、不愉快なことには、彼女は、その試みに成功したという風聞がある。もう、ここに到っては、なにがなんだかわからない。女性を、あわれと思うより致しかたがない。

なんにでもなれるのである。北方の燈台守《とうだいもり》の細君が、燈台に打ち当って死ぬ鷗《かもめ》の羽毛でもって、小さい白いチョッキを作り、貞淑な可愛《かわい》い細君であったのに、そのチョッキを着物の下に着込んでから、急に落ち着きを失い、その性格に卑《いや》しい浮遊性を帯び、夫の同僚といいまわしい関係を結び、ついには冬の一夜、燈台の頂上から、鳥の翼の如く両腕をひろげて岩を嚙《か》む怒濤《どとう》めがけて身を躍らせたという外国の物語があるけれども、この細君も、みずからすすんで、かなしい鷗の化身となってしまったのであろう。なんとも、悲惨のことである。日本でも、むかしから、猫が老婆《ろうば》に化けて、お家騒動を起す例が、二、三にとどまらず語り伝えられている。けれども、あれも亦、考えてみると、猫が老婆に化けたのでは無く老婆が狂って猫に化けてしまったのにちがいない。無慙《むざん》の姿である。耳にちょっと触れると、ぴくっとその老婆の耳が、動くそうではないか。油揚を好み、鼠《ねずみ》を食すというのもあながち、誇張では無いかも知れない。女性の細胞は、全く容易に、動物のそれに化することが、できるものなのである。話が、だんだん陰鬱《いんうつ》になって、いやであるが、私はこのごろ人魚というものの、実在性に就いて深く考えているのである。人魚は、古来かならず女性である。男の人魚というものは、未だその出現のことを聞かない。かならず、女性に限るようである。ここに解決のヒントがある。私は、こうでは無いかと思う。一夜彼女が非常に巨大の無気味の魚を、たしなみを忘れて食い尽し、あとでなんだかその魚の姿が心に残る。女性の心に深く残るということは、すなわちそろそろ、肉体の細胞の変化がはじまっている証拠なのである。たちまち加速度を以て、胸焼きこげるほどに海辺を恋い、足袋はだしで家を飛び出しざぶざぶ海中へ突入する。脚にぶつぶつ鱗《うろこ》が生じて、からだをくねらせ二掻《か》き、三掻き、かなしや、その身は奇《く》しき人魚。そんな順序では無かろうかと思う。女は天性、その肉体の脂肪に依り、よく浮いて、水泳にたくみの物であるという。

教訓。「女性は、たしなみを忘れてはならぬ。」

（「作品倶楽部」昭和十五年一月号）

座興に非《あら》ず

おのれの行く末を思い、ぞっとして、いても立ってても居られぬ思いの宵は、その本郷のアパアトから、ステッキずるずるひきずりながら上野公園まで歩いてみる。九月もなかば過ぎた頃のことである。私の白地の浴衣《ゆかた》も、すでに季節はずれの感があって、夕闇《ゆうやみ》の中にわれながら恐しく白く目立つような気がして、いよいよ悲しく、生きているのがいやになる。不忍《しのばず》の池を拭《ぬぐ》って吹いて来る風は、なまぬるく、どぶ臭く、池の蓮《はす》も、伸び切ったままで腐り、むざんの醜骸《しゅうがい》をとどめ、ぞろぞろ通る夕涼みの人も間抜け顔して、疲労困憊《こんぱい》の色が深くて、世界の終りを思わせた。

　上野の駅まで来てしまった。無数の黒色の旅客が、この東洋一とやらの大停車場に、うようよ、蠢動《しゅんどう》していた。すべて廃残の身の上である。私には、そう思われて仕方がない。ここは東北農村の魔の門であると言われている。ここをくぐり、都会へ出て、めちゃめちゃに敗れて、再びここをくぐり、虫食われた肉体一つ持って、襤褸《らんる》まとってふるさとへ帰る。それにきまっている。私は待合室のベンチに腰をおろして、にやりと笑う。それだから言わないこっちゃ無い。東京へ来ても、だめだと、あれほど忠告したじゃないか。娘も、親爺《おやじ》も、青年も、全く生気を失って、ぼんやりベンチに腰をおろして、鈍く開いた濁った眼で、一たいどこを見ているのか。宙の幻花を追っている。走馬燈《そうまとう》のように、色々の顔が、色々の失敗の歴史絵巻が、宙に展開しているのであろう。

私は立って、待合室から逃げる。改札口のほうへ歩く。七時五分着、急行列車がいまプラットホームにはいったばかりのところで、黒色の蟻《あり》が、押し合い、へし合い、あるいはころころころげ込むように、改札口めがけて殺到する。手にトランク。バスケットも、ちらほら見える。ああ、信玄袋というものもこの世にまだ在った。故郷を追われて来たというのか。

青年たちは、なかなかおしゃれである。そうして例外なく緊張にわくわくしている。可哀想《かわいそう》だ。無智《むち》だ。親爺と喧嘩《けんか》して飛び出して来たのだろう。ばかめ。

私は、ひとりの青年に目をつけた。映画で覚えたのか煙草《たばこ》の吸いかたが、なかなか気取っている。外国の役者の真似《まね》にちがいない。小型のトランク一つさげて、改札口を出ると、屹《き》っと片方の眉《まゆ》をあげて、あたりを見廻す。いよいよ役者の真似である。洋服も、襟が広くおそろしく派手な格子縞《こうしじま》であって、ズボンは、あくまでも長く、首から下は、すぐズボンの観がある。白麻のハンチング、赤皮の短靴、口をきゅっと引きしめて颯爽《さつそう》と歩き出した。あまりに典雅で、滑稽《こつけい》であった。からかってみたくなった。私は、当時退屈し切っていたのである。

「おい、おい、滝谷君。」トランクの名札に滝谷と書かれて在ったから、そう呼んだ。

「ちょっと。」

相手の顔も見ないで、私はぐんぐん先に歩いた。運命的に吸われるように、その青年は、私のあとへ従《つ》いて来た。私は、ひとの心理については多少、自信があったのである。ひとがぼっとしているときには、ただ圧倒的に命令するに限るのである。相手は、意のままである。下手に、自然を装《よそお》い、理窟《りくつ》を言って相手に理解させ安心させようなどと努力すれば、かえっていけない。

上野の山へのぼった。ゆっくりゆっくり石の段々を、のぼりながら、

「少しは親爺の気持も、いたわってやったほうが、いいと思うぜ。」

「はあ。」青年は、固くなって返辞した。

西郷さんの銅像の下には、誰もいなかった。私は立ちどまり、袂《たもと》から煙草を取り出した。マッチの火で、ちらと青年の顔をのぞくと、青年は、まるで子供のような、あどけない表情で、ぶうっと不満そうにふくれて立っているのである。ふびんに思った。

からかうのも、もうこの辺でよそうと思った。

「君は、いくつ？」

「二十三です。」ふるさとの訛《なまり》がある。

「若いなあ。」思わず嘆息を発した。「もういいんだ。帰ってもいいんだ。」ただ、君をおどかして見たのさ、と言おうとして、むらむら、も少し、も少しからかいたいな、という浮気に似たときめきを覚えて、

「お金あるかい？」

もそもそして、「あります。」

「二十円、置いて行け。」私は、可笑《おか》しくてならない。

出したのである。

「帰っても、いいですか？」

ばか、冗談だよ、からかってみたのさ、東京は、こんなにこわいところだから、早く国へ帰って親爺に安心させなさい、と私は大笑いして言うべきところだったかも知れぬが、もともと座興ではじめた仕事ではなかった。私は、アパアトの部屋代を支払わなければならぬ。

「ありがとう。君を忘れやしないよ。」

私の自殺は、ひとつきのびた。

（「文学者」昭和十四年九月号）

デカダン抗議

一人の遊蕩《ゆうとう》の子を描写して在るゆえを以《もっ》て、その小説を、デカダン小説と呼ぶのは、当るまいと思う。私は何時《いつ》でも、謂《い》わば、理想小説を書いて来たつもりなのである。大まじめである。私は一種の理想主義者かも知れない。理想主義者は、悲しい哉《かな》、現世に於《お》いてその言動、やや不審、滑稽《こっけい》の感をさえ隣人たちに与えている場合が、多いようである。謂わば、かのドン・キホオテである。あの人は、いまでは、全然、馬鹿《ばか》の代名詞である。けれども彼が果して馬鹿であるか、どうかは、それに就いては、理想主義者のみぞよく知るところである。高邁《こうまい》の理想のために、おのれの財も、おのれの地位も、塵芥《じんかい》の如《ごと》く投げ打って、自ら駒《こま》を陣頭にすすめた経験の無い人には、ドン・キホオテの血を吐くほどの悲哀が絶対にわからない。耳の痛い仁《じん》も、その辺にいるようである。

私の理想は、ドン・キホオテのそれに較《くら》べて、実に高邁で無い。私は破邪の剣を振って悪者と格闘するよりは、頬の赤い村娘を欺《あざむ》いて一夜寝ることの方を好むのである。

理想にも、たくさんの種類があるものである。私はこの好色の理想のために、財を投げ打ち、衣服を投げ打ち、靴を投げ打ち、全くの清貧になってしまった。そうして、私は、この好色の理想を、仮りに名付けて、「ロマンチシズム」と呼んでいる。

すでに幼時より、このロマンチシズムは、芽生えていたのである。私の故郷は、奥州《おうしゅう》の山の中である。家に何か祝いごとがあると、父は、十里はなれたAという小都会から、四、五人の芸者を呼ぶ。芸者たちは、それぞれ馬の脊《せ》に乗ってやって来る。他に、交通機関が無いからである。時々、芸者が落馬することもあった。物語は私が、十二歳の冬のことであった。たしか、父の勲章祝いのときであった。芸者が五人、やって来た。婆《ばあ》さんが一人、ねえさんが二人、半玉《はんぎょく》さんが二人である。半玉の一人は、藤娘《ふじむすめ》を踊った。すこし酒を呑《の》まされたか、眼もとが赤かった。私は、その人を美しいと思った。踊って、すらと形のきまる度毎《ごと》に、観客たちの間から、ああ、という嘆声が起り、四、五人の溜息《ためいき》さえ聞えた。美しいと思ったのは私だけでは無かったのである。

私は、その女の子の名前を知りたいと思った。まさか、人に聞くわけにいかない。私は十二の子供であるから、そんな、芸者などには全然、関心の無いふりをしていなければ、ならぬのである。私は、こっそり帳場へ行って、このたびの祝宴の出費について、一切を記して在る筈《はず》の帳簿をしらべた。帳場の叔父さんの真面目《まじめ》くさった文字で、歌舞の部、誰、誰、と五人の芸者の名前が書き並べられて、謝礼いくら、いくらと、にこりともせず計算されていた。私は五人の名前を見て、一ばんおしまいから数えて二人めの、浪、というのが、それだと思った。それにちがいないと思った。少年特有の、不思議な直感で、私は、その女の子の名前を、浪、と定《き》めてしまって、落ちついた。

いまに大きくなったら、あの芸者を買ってやると、頑固な覚悟きめてしまった。二年、三年、私は、浪を忘れることが無かった。五年、六年、私は、もはや高等学校の生徒である。すでにもう大人になった気持である。芸者買いしたって、学校から罰せられることもなかったし、私は、今こそと思った。高等学校の所在するその城下まちから、浪のいる筈のAという小都会までは、汽車で一時間くらいで行ける。私は出掛けることにした。

二日つづきの休みのときに出掛けた。私は、高等学校の制服、制帽のままだった。謂わば、弊衣破帽である。けれども私は、それを恥じなかった。自分で、ひそかに、「貫一さん」みたいだと思っていた。幾春秋、忘れず胸にひめていた典雅な少女と、いまこそ晴れて逢《あ》いに行くのに、最もふさわしいロマンチックな姿であると思っていた。私は上衣のボタンをわざと一つ毟《むし》り取った。恋に窶《やつ》れて、少し荒《すさ》んだ陰影を、おのが姿に与えたかった。

Aという、その海のある小都会に到着したのは、ひるすこしまえで、私はそのまま行き当りばったり、駅の近くの大きい割烹《かっぽう》店へ、どんどんはいってしまった。私にも、その頃はまだ、自意識だのなんだの、そんなけがらわしいものは持ち合せ無く、思うことそのまま行い得る美しい勇気があったのである。後で知ったのだが、その割烹店は、県知事はじめ地方名士をのみ顧客としている土地一流の店の由《よし》。なるほど玄関も、ものものしく、庭園には大きい滝があった。玄関からまっすぐに長い廊下が通じていて、廊下の板は、お寺の床板みたいに黒く冷え冷えと光って、その廊下の尽きるところ、トンネルの向う側のように青いスポット・ライトを受けて、ぱっと庭園のその大滝が望見される。葉桜のころで、光り輝く青葉の陰で、どうどうと落ちている滝は、十八歳の私には夢のようであった。ふと、われに帰り、

「ごはんを食べに来たのだ。」

いままで拭《ふ》き掃除していたものらしく、箒《ほうき》持って、手拭《てぬぐ》いを、あねさん被《かぶ》りにしたままで、

「どうぞ。」と、その女中は、なぜか笑いながら答え、私にスリッパをそろえてくれ

た。

金屏風《きんびようぶ》立てて在る奥の二階の部屋に案内された。割烹店は、お寺のように、シンとしていた。滝の音ばかり、いやに大きく響いていた。

「ごはんを食べるのだ。」私は座蒲団《ざぶとん》に大きく、あぐらかいて坐《すわ》り、怒ったようにして、また言った。ばかにされまいとして、懸命であったのである。「さしみと、オムレツと、牛鍋《ぎゆうなべ》とおしんこを下さい。」知っている料理を皆言ったつもりであった。

女中は、四十ちかい叔母さんで、顔が黒く、瘦《や》せていて、それでも優しそうな感じのいい人であった。私は、その女中さんにお給仕されて、ひとりで、めしを大いに食べながら、

「浪、という芸者がいないかね。」少しも、恥じずに、そう言った。美しい勇気を持っていたのである。むしろ、得意でさえあった。「僕は、知っているんだ。」

女中は、いないと答えた。私は箸《はし》を取り落すほど、がっかりした。

「そんなことは、ない。」ひどく不気嫌だった。

女中は、うしろへ両手を廻して、ちょっと帯を直してから、答えた。浪という芸者が、いましたけれど、いつも男の言うこと聞きすぎて、田舎まわりの旅役者にだまされ、この土地に居られなくなり、いまはＡＳという温泉場で、温泉芸者している筈で

す、という答えであった。

「そうか。浪は、昔から、そういう子だったんだ。」なぞと、知ったかぶりをして、けれども私は暗い気持であった。そのまま帰ったのであるが、なんのことはない、私はA市まで、滝を見に行って来たようなものであった。

けれども私は、浪を忘れなかった。忘れるどころか、いよいよ好きになった、旅役者にだまされるとは、なんというロマンチック。偉いと思った。凡俗でないと思った。必ず、必ず、ASという、その温泉場へ行って、浪を、ほめてあげようと思った。

それから三年経《た》って、私は東京の大学へはいり、喫茶店や、バアの女とも識《し》る機会を持ったが、やはり浪を忘れ得なかった。そのとしの暑中休暇に、故郷へ帰る途中、汽車がそのASという温泉場へも停車したので、私は、とっさの中に覚悟をきめ、飛鳥の如く身を躍らせて下車してしまった。

その夜、私は浪と逢った。浪は、太って、ずんぐりして、ちっとも美しくなかった。私は、やたらに酒を呑んだ。酔って来たら、多少ロマンチックな気持も蘇《よみがえ》って来て、

「あなたは十年まえに、馬に乗って、Kという村に来たこと、なかったかね？」

「あったわ。」女は、なんでも無さそうにして答えた。

私は膝《ひざ》を大いにすすめて、そのとき、あなたの踊った藤娘を、僕は見ていた。十二

のときだった。それから、あなたを忘れられない。苦心して、あなたの居所さがし廻って、私は、いま十年ぶりで、やっと、あなたと逢うことができたのだ。と言っているうちに、やはり胸が一ぱいになって来て、私は泣きたくなって来た。

「あなたは、それじゃ、」温泉芸者は、更に興を覚えぬ様子で、「Tさんのお坊《ぼっ》ちゃんなの?」と、ぶっきらぼうな尋ねかたをした。

私は、そうだと答えたかったのだけれど、そうすると、なんだかお金持の子供を鼻にかけるようで私のロマンチックな趣味に合わなかったから、いやちがう、僕はあの家の遠縁に当る苦学生であるが、そんなことは、どうでもいい、十年ぶりでやっと思いが叶《かな》って逢えたのだ。今夜は、この宿へ泊って行きなさい、ゆっくり話しましょう、と私ひとりは、何かと興奮しているのだが、女は一向に、このロマンチシズムを解しない。あたしは、よごれているから、と女は、泊ることを断った。私は、勘ちがいした。強い感動を受けたのである。思わず、さらに大いに膝をすすめ、

「何を言うのだ。僕だって昔の僕じゃない。全身、傷だらけだ。あなたも、苦労したろうね。お互いだ。僕だって、よごれているのだ。君は、君の暗い過去のことで負《ひ》けめを感ずることは、少しもないんだ。」涙声にさえなっていた。

女は、やはり、その夜、泊らずに帰った。つまらない女であった。私は女の帰った

真意を、解することができなかった。おのれの淪落《りんらく》の身の上を恥じて、帰ってしまったものとばかり思っていたのである。

いまは、すべてに思い当り、年少のその早合点《はやがてん》が、いろいろ複雑に悲しく、けれども、私は、これを、けがらわしい思い出であるとは決して思わない。なんにも知らず、ただ一図に、僕もよごれていると、大声で叫んだその夜の私を、いつくしみたい気持さえあるのだ。私は、たしかにかの理想主義者にちがいない。嘲《あざわら》うことのできる者は、嘲うがよい。

（「文芸世紀」昭和十四年十一月号）

一《いっ》燈《とう》

芸術家というものは、つくづく困った種族である。鳥籠《とりかご》一つを、必死にかかえて、うろうろしている。その鳥籠を取りあげられたら、彼は舌を噛《か》んで死ぬだろう。なるべくなら、取りあげないで、ほしいのである。

誰だって、それは、考えている。何とかして、明るく生きたいと精一ぱいに努めている。昔から、芸術の一等品というものは、つねに世の人に希望を与え、怺《こら》えて生きて行く力を貸してくれるものに、きまっていた。私たちの、すべての努力は、その一等品を創《つく》る事にのみ向けられていた筈《はず》だ。至難の事業である。けれども、何とかして、そこに、到達したい。右往も左往も出来ない窮極の場所に坐《すわ》って、私たちは、その事に努めていた筈である。それを続けて行くより他《ほか》は無い。持物は、神から貰《もら》った鳥籠一つだけである。つねに、それだけである。

大君の辺《へ》にこそ、とは日本のひと全部の、ひそかな祈願の筈である。さして行く笠《かさ》置《ぎ》の山、と仰《おお》せられては、藤原季房《すえふさ》ならずとも、泣き伏すにきまっている。あまりの事に、はにかんで、言えないだけなのである。わかり切った事である。鳴かぬ蛍《ほたる》は、何とかと言うではないか。これだけ言ってさえも、なんだか、ひどく残念な気がするのである。

けれども、いまは、はにかんでばかりも居られない。黙って、まごついて、それ故《ゆえ》に、非国民などと言われては、これ以上に残念の事は無い。たまったものでない。私は、私の流儀で、この機会に貧者一燈を、更にはっきり、ともして置きます。

八年前の話である。神田の宿の薄暗い一室で、私は兄に、ひどく叱《しか》られていた。昭和八年十二月二十三日の夕暮の事である。私は、その翌年の春、大学を卒業する筈になっていたのだが、試験には一つも出席せず、卒業論文も提出せず、てんで卒業の見込みの無い事が、田舎の長兄に見破られ、神田の、兄の定宿に呼びつけられて、それこそ目の玉が飛び出る程に激しく叱られていたのである。癇癖《かんぺき》の強い兄である。こんな場合は、目前の、間抜けた弟の一挙手一投足、ことごとくが気にいらなくなってしまうのである。私が両膝《りょうひざ》をそろえて、きちんと坐り、火鉢から余程はなれて震えていると、

「なんだ。おまえは、大臣の前にでも坐っているつもりなのか。」と言って、機嫌が悪い。

あまり卑下していても、いけないのである。それでは、と膝を崩して、やや顔を上げ、少し笑って見せると、こんどは、横着な奴《やつ》だと言って叱られる。これはならぬと、あわてて膝を固くして、うなだれると、意気地が無いと言って叱られる。どんなにしても、だめであった。私は、私自身を持て余した。兄の怒りは、募る一方である。

幽《かす》かに、表の街路のほうから、人のざわめきが聞えて来る。しばらくして、宿の廊下が、急にどたばた騒がしくなり、女中さんたちの囁《ささや》き、低い笑声も聞える。私は、兄の叱咤《しった》の言よりも、そのほうに、そっと耳をすましていた。ふっと一言、聴取出来た。私は、敢然と顔を挙げ、

「提燈《ちょうちん》行列です。」と兄に報告した。

兄は一瞬、へんな顔をした。とたんに、群集のバンザイが、部屋の障子が破れるばかりに強く響いた。

皇太子殿下、昭和八年十二月二十三日御誕生。その、国を挙げてのよろこびの日に、私ひとりは、先刻から兄に叱られ、私は二重に悲しく、やりきれなくていたのである。兄は、落ちつき払って、卓上電話を取り上げ、帳場に、自動車を言いつけた。私は、しめた、と思った。

兄は、けれども少しも笑わずに顔をそむけ、立ち上ってドテラを脱ぎ、ひとりで外

出の仕度をはじめた。

「街へ出て見よう。」

「はあ。」ずるい弟は、しんから嬉《うれ》しかった。

街は、暮れかけていた。兄は、自動車の窓から、街の奉祝の有様を、むさぼるように眺めていた。国旗の洪水である。おさえにおさえて、どっと爆発した歓喜の情が、よくわかるのである。バンザイ以外に、表現が無い。しばらくして兄は、「よかった！」と一言、小さい声で呟《つぶや》いて、深く肩で息をした。それから、そっと眼鏡をはずした。

私は、危く噴き出しそうになった。大正十四年、私が中学校三年の時、照宮さまがお生まれになった。そのころは、私も学校の成績が悪くなかったので、この兄の一ばんのお気に入りであった。父に早く死なれたので、兄と私の関係は、父子のようなものであった。私は冬季休暇で、生家に帰り、嫂《あによめ》と、つい先日の御誕生のことを話し合い、どういうものだか涙が出て困ったという述懐に於《お》いて一致した。あの時、私は床屋にいて散髪の最中であったのだが、知らせの花火の音を聞いているうちに我慢出来なくなり、非常に困ったのである。嫂も、あの時、針仕事をしていたのだそうであるが、花火の音を聞いたら、針仕事を続けることが出来なくなって、困ってしまったそうで

ある。兄は、私たちの述懐を傍《そば》で聞いていて、

「おれは、泣かなかった。」と強がったのである。

「そうでしょうか。」

「そうかなあ。」嫂も、私も、てんで信用しなかった。

「泣きませんでした。」兄は、笑いながら主張した。

その兄が、いま、そっと眼鏡をはずしたのである。私は噴き出しそうなのを怺えて、顔をそむけ、見ない振りをした。

兄は、京橋の手前で、自動車から降りた。

銀座は、たいへんな人出であった。逢《あ》う人、逢う人、みんなにこにこ笑っている。

「よかった。日本は、もう、これでいいのだよ。よかった。」と兄は、ほとんど一歩毎《ごと》に呟いて、ひとり首肯《うなず》き、先刻の怒りは、残りなく失念してしまっている様子であった。ずるい弟は、全く蘇生《そせい》の思いで、その兄の後を、足が地につかぬ感じで、ぴょんぴょん附いて歩いた。

A新聞社の前では、大勢の人が立ちどまり、ちらちら光って走る電光ニュウスの片仮名を一字一字、小さい声をたてて読んでいる。兄も、私も、その人ごみのうしろに永いこと立ちどまり、繰り返し繰り返し綴《つづ》られる同じ文章を、何度でも飽きずに読む

のである。

とうとう兄は、銀座裏の、おでんやに入った。兄は私にも酒を、すすめた。

「よかった。これで、もう、いいのだ。」兄は、そう言ってハンケチで顔の汗を、やたらに拭《ふ》いた。

おでんやでも、大騒ぎであった。モオニングの紳士が、ひどくいい機嫌ではいって来て、

「やあ、諸君、おめでとう！」と言った。

兄も笑顔で、その紳士を迎えた。その紳士は、御誕生のことを聞くや、すぐさまモオニングを着て、近所にお礼まわりに歩いたというのである。

「お礼まわりは、へんですね。」と私は、兄に小声で言ったら、兄は酒を噴き出した。

日本全国、どんな山奥の村でも、いまごろは国旗を建て皆にこにこしながら提燈行列をして、バンザイを叫んでいるのだろうと思ったら、私は、その有様が眼に見えるようで、その遠い小さい美しさに、うっとりした。

「皇室典範に拠《よ》れば、――」と、れいの紳士が大声で言いはじめた。

「皇室典範とは、また、大きく出たじゃないか。」こんどは兄が、私に小声で言って、心の底から嬉しそうに笑い咽《むせ》んだ。

そのおでんやを出て、また、別のところへ行き、私たちは、その夜おそくまで、奉祝の上機嫌な市民の中を、もまれて歩いた。提燈行列の火の波が、幾組も幾組も、私たちの目の前を、ゆらゆら通過した。兄は、ついに、群集と共にバンザイを叫んだ。あんなに浮かれた兄を、見た事が無い。

あのように純一な、こだわらず、蒼穹《そうきゅう》にもとどく程の全国民の歓喜と感謝の声を聞く事は、これからは、なかなかむずかしいだろうと思われる。願わくは、いま一度。誰に言われずとも、しばらくは、辛抱せずばなるまい。

（「文芸世紀」昭和十五年十一月号）

失敗園

（わが陋屋《ろうおく》には、六坪ほどの庭があるのだ。愚妻は、ここに、秩序も無く何やらかやら一ぱい植えたが、一見するに、すべて失敗の様子である。それら恥ずかしき身なりの植物たちが小声で囁《ささや》き、私はそれを速記する。その声が、事実、聞えるのである。必ずしも、仏人ルナアル氏の真似《まね》でも無いのだ。では。）

とうもろこしと、トマト。

「こんなに、丈ばかり大きくなって、私は、どんなに恥ずかしい事か。そろそろ、実をつけなければならないのだけれども、おなかに力が無いから、いきむ事が出来ないの。みんなは、葦《あし》だと思うでしょう。やぶれかぶれだわ。トマトさん、ちょっと寄りかからせてね。」

「なんだ、なんだ、竹じゃないか。」

「本気でおっしゃるの？」

「気にしちゃいけねえ。お前さんは、夏痩《や》せなんだよ。粋《いき》なものだ。ここの主人の話に拠《よ》ればお前さんは芭蕉《ばしょう》にも似ているそうだ。お気に入りらしいぜ。」

「葉ばかり伸びるものだから、私を揶揄《やゆ》なさっているのよ。ここの主人は、いい加減よ。私、ここの奥さんに気の毒なの。それや真剣に私の世話をして下さるのだけれども、私は背丈ばかり伸びて、一向にふとらないのだもの。トマトさんだけは、どうやら、実を結んだようね。」

「ふん、どうやら、ね。もっとも俺は、下品な育ちだから、放《ほ》って置かれても、実を結ぶのさ。軽蔑《けいべつ》し給《たも》うな。これでも奥さんのお気に入りなんだからね。この実は、俺の力瘤《ちからこぶ》さ。見給え、うんと力むと、ほら、むくむく実がふくらむ。も少し力むと、この実が、あからんで来るのだよ。ああ、すこし髪が乱れた。散髪したいな。」


クルミの苗。

「僕は、孤独なんだ。大器晩成の自信があるんだ。早く毛虫に這《は》いのぼられる程の身分になりたい。どれ、きょうも高邁《こうまい》の瞑想《めいそう》にふけるか。僕がどんなに高貴な生まれであるか、誰も知らない。」

ネムの苗。

「クルミのチビは、何を言っているのかしら。不平家なんだわ、きっと。不良少年かも知れない。いまに私が花咲けば、さだめし、いやらしい事を言って来るに相違ない。用心しましょう。あれ、私のお尻《しり》をくすぐっているのは誰？　隣りのチビだわ。本当に、本当に、チビの癖に、根だけは一人前に張っているのね。高邁な瞑想だなんて、とんでもない奴《やつ》さ。知らん振りしてやりましょう。どれ、こう葉を畳んで、眠った振りをしていましょう、いまは、たった二枚しか葉が無いけれども、五年経《た》ったら美しい花が咲くのよ。」

にんじん。

「どうにも、こうにも、話にならねえ。ゴミじゃ無《ね》え。こう見えたって、にんじんの芽だ。一箇月前から、一分も伸びねえ。このまんまであった。永遠に、わしゃ、こうだろう。みっともなくていけねえ。誰か、わしを抜いてくれないか。やけくそだよ。あははは。馬鹿《ばか》笑いが出ちゃった。」

だいこん。

「地盤がいけないのですね。石ころだらけで、私はこの白い脚を伸ばす事が出来ませぬ。なんだか、毛むくじゃらの脚になりました。ごぼうの振りをしていましょう。私は、素直に、あきらめているの。」

棉《わた》の苗。

「私は、今は、こんなに小さくても、やがて一枚の座蒲団《ざぶとん》になるんですって。本当かしら。なんだか自嘲《じちょう》したくて仕様が無いの。軽蔑しないでね。」

へちま。

「ええと、こう行って、こうからむのか。なんて不細工な棚なんだ。からみ附くのに大骨折りさ。でも、この棚を作る時に、ここの主人と細君とは夫婦喧嘩《げんか》をしたんだからね。細君にせがまれたらしく、ばかな主人は、もっともらしい顔をして、この棚を作ったのだが、いや、どうにも不器用なので、細君が笑いだしたら、主人の汗だくで怒って曰《いわ》くさ、それではお前がやりなさい、へちまの棚なんて贅沢品《ぜいたく》だ、生活の様式を拡大するのは、僕はいやなんだ、僕たちは、そんな身分じゃない、と妙に興覚めな事を言い出したので、細君も態度を改め、それは承知して居《お》ります、でも、へちまの棚くらいは在ってもいいと思います、こんな貧乏な家にでも、へちまの棚が出来るのだというのは、なんだか奇蹟《きせき》みたいで、素晴しい事だと思います、私の家にでも、へちまの棚が出来るなんて嘘《うそ》みたいで、私は嬉《うれ》しくてなりません、と哀れな事を主張したので、主人は、また渋々この棚の製作を継続しやがった。どうも、ここの主人は、少し細君に甘いようだて。どれ、どれ、親切を無にするのも心苦しい、ええと、こう行って、こうからみ附けっていうわけか、ああ、実に不細工な棚である。からみ附かせないように出来ている。意味ないよ。僕は、不仕合わせなへちまかも知れぬ。」

薔薇《ばら》と、ねぎ。

「ここの庭では、やはり私が女王だわ。いまはこんなに、からだが汚れて、葉の艶《つや》も無くなっちゃったけれど、これでも先日までは、次々と続けて十輪以上も花が咲いたものだわ。ご近所の叔母さんたちが、おお綺麗《きれい》と言ってほめると、ここの主人が必ずぬっと部屋から出て来て、叔母さんたちに、だらし無くぺこぺこお辞儀するので、私は、とても恥ずかしかったわ。あたまが悪いんじゃないかしら。主人は、とても私を大事にしてくれるのだけれど、いつも間違った手入ればかりするのよ。私が喉《のど》が乾いて萎《しお》れかけた時には、ただ、うろうろして、奥さんをひどく叱《しか》るばかりで何も出来ないの。あげくの果には、私の大事な新芽を、気が狂ったみたいに、ちょんちょん摘み切ってしまって、うむ、これでどうやら、なんて真顔で言って澄ましているのよ。私は、苦笑したわ。あたまが悪いのだから、仕方がないのね。あの時、新芽をあんなに切られなかったら、私は、たしかに二十は咲けたのだわ。もう、駄目。あんまり命かぎり咲いたものだから、早く老い込んじゃった。私は、早く死にたい。おや、あなたは誰？」

「我輩を、せめて、竜《りゅう》の鬚《ひげ》とでも、呼んでくれ給え。」

「ねぎ、じゃないの。」

「見破られたか。面目ない。」

「何を言ってるの。ずいぶん細いねぎねえ。」

「ええ面目ない。地の利を得ないのじゃ。世が世なら、いや、敗軍の将、愚痴は申さぬ。我輩はこう寝るぞ。」

花の咲かぬ矢車草。

「是生《ぜしょう》滅法。盛者必衰。いっそ、化けて出ようか知ら。」

（「東西」昭和十五年九月号）

リイズ

（ラジオ放送用として。）

杉野君は、洋画家である。いや、洋画家と言っても、それを職業としているのでは無く、ただいい画《え》をかきたいと毎日、苦心しているばかりの青年である。おそらくは未だ、一枚の画も、売れた事は無かろうし、また、展覧会にさえ、いちども入選した事は無いようである。それでも杉野君は、のんきである。そんな事は、ちっとも気にしていないのである。ただ、ひたすらに、いい画をかきたいと、そればかり日夜、考えているのである。母ひとり、子ひとりの家庭である。いま住んでいる武蔵野《むさしの》町の家は、三年まえ、杉野君の設計に拠《よ》って建てられたものである。もったいないほど立派なアトリエも、ついている。五年まえに父に死なれてからは、母は何事に於《お》いても、杉野君の言うとおりにしている様子である。杉野君の故郷は北海道、札幌市で、かなりの土地も持っているようであるが、母は三年前、杉野君の指図に従い、その土地の管理は、すべて支配人に委《まか》せて、住み馴《な》れた家をも売却し、東京へ出て来て、芸術家の母としての生活を、はじめたわけである。杉野君は、ことし二十八歳であるが、それでも、傍で見て居られないほど、母に甘え、また、子供らしいわがままを言っている。家の中では、たいへん威張り散らしているが、一歩そとへ出ると、まるで意気地《いくじ》が無い。私が、杉野君と知合いになったのは、いまから五年まえである。そのころ杉野君は、東中野のアパートから上野の美術学校に通っていたのであるが、その同じアパートに私も住んでいて、廊下で顔を合わせる時があると、杉野君は、顔をぽっと赤くして、笑とも泣きべそともつかぬへんな表情を浮かべ、必ず小さい咳《せき》ばらいを一つするのである。何とか挨拶《あいさつ》を述べているつもりなのかも知れない。ずいぶん気の弱い学生だと思った。だんだん親しくなり、そのうちに父上の危篤《きとく》の知らせがあって、彼はその故郷からの電報を手に持って私の部屋へはいるなり、わあんと、叱《しか》られた子供のような甘えた泣き声を挙げた。私は、いろいろなぐさめて、すぐに出発させた。そんな事があってから、私たちは、いよいよ親しくなり、彼が武蔵野町に綺麗《きれい》な家を建て、お母さんと一緒に住むようになってからも、私たちは時々、往《ゆ》き来しているのである。いまは私も、東中野のアパートを引き上げ、この三鷹《みたか》町のはずれに小さい家を借りて住んでいるのであるから、お互の往き来には便利である。

先日、めずらしく佳《よ》い天気だったので、私は、すぐ近くの井の頭公園へ、紅葉を見に出かけ、途中で気が変って杉野君のアトリエを訪問した。杉野君は、ひどく意気込んで私を迎えた。

「ちょうどいいところだった。きょうからモデルを使うのです。」

私は驚いた。杉野君は極度の恥ずかしがりやなので、いま迄《まで》いちども、モデルを自分のアトリエに呼びいれた事は無かったのである。人物といえば、お母さんの顔をかいたり、また自画像をかいたりするくらいで、あとは、たいてい風景や、静物ばかりをかいていたのである。上野に一軒、モデルを周旋してくれる家があるようであるが、杉野君はいつも、その家の前まで行ってはむなしく引返して来るらしいのである。なんとも恥ずかしくて、仕様が無いらしいのである。私は玄関に立ったままで、

「君が行って、たのんで来たのかね。」

「いや、それが、」と杉野君は顔を真赤にして、少し口ごもり、「おふくろに行って来てもらったんです。からだの健康そうな人を選んで来て下さいって頼んだのですが、どうも、あまりに丈夫すぎて、画にならないかも知れません。ちょっと不安なんです。あの、庭の桜の木の下に白いドレスを着て立ってもらうんです。いいドレスが手にはいったものですから、ひとつ、ルノアルのリイズのようなポオズをさせてみたいと思っているのです。」

「リイズってのは、どんな画かね。」

「ほら、真白い長いドレスを着た令嬢が、小さい白い日傘を左手に持って桜の幹に倚《よ》りかかっている画があったでしょう？　あれは、令嬢かな？　マダムかな？　あれはね、ルノアルの二十七八歳頃の傑作なのですよ。ルノアル自身のエポックを劃《かく》したとも言われているんです。僕だって、もう二十八歳ですからね、ひとつ、ルノアルと戦ってみようと思っているんですよ。いまね、モデルが仕度していますから、ああ、出来た、わあ、これあひどい。」

モデルは、アトリエのドアを静かにあけて玄関へ出て来たのである。一目見て私も、これあひどいと思った。どうも、あまりにも健康すぎる。婦人の容貌《ようぼう》に就いて、かれこれ言うのは、よくない事だが、ごく大ざっぱな印象だけを言うならば、どうも甚だ言いにくいのだが、――お団子が、白い袋をかぶって出て来た形であった。色、赤黒く、ただまるまると太っている。これでは、とても画にはなるまい。

「少し健康すぎたね。」と私は小声で杉野君に言うと、

「ううむ、」と杉野君も唸《うな》って、「さっき和服を着ていた時には、これほどでも、なかったんですがね。これあひどいですよ。泣きたくなっちゃった。とにかく、まあ、庭へ出ましょう。」

私たちは庭の桜の木の下に集った。桜の葉は、間断無く散っていた。

「ここへ、ちょっと立ってみて下さい。」杉野君は、機嫌が悪い。

「はい。」女のひとは、性質の素直な人らしく、顔を伏せたまま優しい返事をして、長いドレスをつまみ上げ、指定された場所に立った。とたんに杉野君は、目を丸くして、

「おや、君は、はだしですね。僕はドレスと一緒に靴をそろえて置いた筈《はず》なんだが。」

「あの靴は、少し小さすぎますので。」

「そんな事は無い。君の足が大きすぎるんだよ。なってないじゃないか。」ほとんど泣き声である。

「いけませんでしょうか。」かえって、モデルのほうが無心に笑っている。

「なってないなあ。こんなリイズってあるものか。ゴオギャンのタヒチの女そっくりだ。」杉野君は、やぶれかぶれで、ひどく口が悪くなった。「光線が大事なんだよ。顔を、もっと挙げてくれ。ちえっ！　そんなにゲタゲタ笑わなくてもいいんだよ。なってないじゃないか。これじゃ僕は、漫画家になるより他《ほか》は無い。」

私は、杉野君にも、またモデルのひとにも、両方に気の毒でその場で、立って見ている事が出来ず、こっそり家《うち》へ帰ってしまった。

それから十日ほど経《た》って、きのうの朝、私は吉祥寺の郵便局へ用事があって出かけ

て、その帰りみち、また杉野君の家へ立ち寄った。先日のモデルの後日談をも聞いてみたかったのである。玄関の呼鈴を押したら、出て来たのは、あのひとである。先日のモデルである。白いエプロンを掛けている。

「あなたは？」私は瞬時、どぎまぎした。

「はあ。」とだけ答えて、それから、くすくす笑い、奥に引っ込んでしまった。

「おや、まあ。」と言ってお母さんが、入れちがいに出て来た。「あれは旅行に出かけましたよ。ひどく不機嫌でしてな。やっぱり景色をかいているほうが、いいそうですよ。なんの事やら、とってもぷんぷんして出かけましたよ。」

「それあ、そうでしょう。ちょっと、ひどかったですものね。それで、あのひとは？どうしたのです。まだ、ここにいるようですね。」

「女中さんがわりにいてもらう事にしました。どうして、なかなかいい子ですよ。おかげで私も大助かりでございます。いま時あんな子は、とても見つかりませんですからねえ。」

「なあんだ。それじゃお母さんは、女中を捜しに上野まで行って来たようなものだ。」

「いいえ、そんな事。」とお母さんは笑いながら打消して、「私だって、あれにいい画をかかせたいし、なるべくなら姿のいいひとを選んで来たいと思って行ったのですが、なんだか、あそこの家で大勢のならんで坐《すわ》っている中で、あのひとだけ、ひとり目立っていけないのですものね。つい不憫《ふびん》になって、身の上を聞きましたら、あなた、東京へつい先日出て来たばかりで、人からモデルはお金になると聞いて、こうしてここに坐っているというんでしょう？　あぶない話ですものねえ。房州の漁師の娘ですって。私は、せがれの画がしくじっても、この娘さんをしくじらせたくないと思いました。私だって、知っていますよ。あの娘さんじゃ、画になりません。でも、せがれには、またこの次という事もあります、画かきだって何だって、一生、気永な仕事ですから。」

（昭和十五年十一月五日放送）

黄村先生言行録

（はじめに、黄村先生が山椒魚《さんしょううお》に凝って大損をした話をお知らせしましょう。逸事の多い人ですから、これからも時々、こうして御紹介したいと思います。三つ、四つと紹介をしているうちに、読者にも、黄村先生の人格の全貌《ぜんぼう》が自然とおわかりになるだろうと思われますから、先生に就いての抽象的な解説は、いまは避けたいと思います。）

黄村先生が、山椒魚なんて変なものに凝りはじめた事に就いては、私にも多少の責在りとせざるを得ない。早春の或《あ》る日、黄村先生はれいのハンチング（ばかに派手な格子縞《こうしじま》のハンチングであるが、先生には少しも似合わない。私は見かねて、およしになったらどうですか、と失礼をもかえりみず言った事があるが、その時先生は、私も前からそう思っている、と重く首肯せられたが、いまだにおよしにならない）そのハンチングを、若者らしくあみだにかぶって私の家へ遊びに来て、それから、家のすぐ近くの井の頭公園に一緒に出かけて、私はこんな時、いつも残念に思うのだが、先生は少しも風流ではないのである。私は、よほど以前からその事を看破していたのであるが、

「先生、梅。」私は、花を指差す。

「ああ、梅。」ろくに見もせず、相槌《あいづち》を打つ。

「やっぱり梅は、紅梅よりもこんな白梅のほうがいいようですね。」

「いいものだ。」すたすた行き過ぎようとなさる。私は追いかけて、

「先生、花はおきらいですか。」

「たいへん好きだ。」

けれども、私は看破している。先生には、みじんも風流心が無いのである。公園を散歩しても、ただすたすた歩いて、梅にも柳にも振向かず、そうして時々、「美人だね。」などと、けしからぬ事を私に囁《ささや》く。すれちがう女にだけは、ばかに目が早いのである。私は、にがにがしくてたまらない。

「美人じゃありませんよ。」

「そうかね、二八《にはち》と見えたが。」

呆《あき》れるばかりである。

「疲れたね、休もうか。」

「そうですね。向うの茶店は、見はらしがよくていいだろうと思うんですけど。」

「同じ事だよ。近いほうがいい。」

一ばん近くの汚い茶店にのこのこはいって行って、腰をおろす。

「何か、たべたいね。」

「そうですね。甘酒かおしるこか。」

「何か、たべたいね。」

「さあ、ほかに何も、おいしいものなんて、ないでしょう？」

「親子どんぶりのようなものが、ないだろうか。」老人の癖に大食なのである。

私は赤面するばかりである。先生は、親子どんぶり。私は、おしるこ。たべ終って、

「どんぶりも大きいし、ごはんの量も多いね。」

「でも、まずかったでしょう？」

「まずいね。」

また立ち上って、すたすた歩く。先生には、少しも落ちつきがない。中の島の水族館にはいる。

「先生、見事な緋鯉《ひごい》でしょう？」

「見事だね。」すぐ次にうつる。

「先生、これ、鮎《あゆ》。やっぱり姿がいいですね。」

「ああ、泳いでるね。」次にうつる。少しも見ていない。

「こんどは鰻《うなぎ》です。面白いですね。みんな砂の上に寝そべっていやがる。先生、どこを見ているんですか？」

「うん、鰻。生きているね。」とんちんかんな事ばかり言って、どんどん先へ歩いて行く。

突然、先生はけたたましい叫び声を上げた。

「やあ！　君、山椒魚だ！　山椒魚。たしかに山椒魚だ。生きているじゃないか、君、おそるべきものだねえ。」前世の因縁とでも言うべきか、先生は、その水族館の山椒魚をひとめ見たとたんに、のぼせてしまったのである。

「はじめてだ。」先生は唸《うな》るようにして言うのである。「はじめて見た。いや、前にも幾度か見たことがあるような気がするが、こんなに真近かに、あからさまに見たのは、はじめてだ。君、古代のにおいがするじゃないか。深山の巒気《らんき》が立ちのぼるようだ。ランキのランは、言うという字に糸を二つに山だ。深山の精気といってもいいだろう。おどろくべきものだ。ううむ。」やたらに唸るのである。私は恥ずかしくてたまらない。

「山椒魚がお気にいったとは意外です。どこが、そんなにいいんでしょう。もっとも、僕たちの先輩で、山椒魚の小説をお書きになった方もあるには、ありますけど。」

「そうだろう。」先生は、しさいらしく首肯して、「必ずやそれは、傑作でしょう。君たちには、まだまだ、この幽玄な、けもの、いや、魚類、いや、」ひどくあわてはじめた。顔をあからめ、髭《ひげ》をこすり、「これは、なんといったものかな？　水族、つまり、おっとせいの類《たぐい》だね、おっとせい、――」全然、だめになった。

先生には、それがひどく残念だったらしい。動物学に於《お》ける自分の造詣《ぞうけい》の浅薄さが、いかん無く暴露せられたという事が、いかにも心外でならなかったらしく、私がそれから一つきほど経《た》って阿佐《あさ》ケ谷《や》の先生のお宅へ立寄ってみたら、先生は已《すで》に一ぱしの動物学者になりすましていた。何事に於いても負けたくない先生のことだから、あの水族館に於ける恥辱をすすごうとして、暮夜ひそかに動物学の書物など、ひもといてみた様子である。私の顔を見るなり、

「なんだ、こないだの一物は、あれは両棲《りょうせい》類中の有尾類。」わかり切ったような事を、いかにも得意そうに言うのである。「わからんかな。それ、読んで字の如《ごと》しじゃないか。しっぽがあるから、有尾類さ。あははは。」さすがに、てれくさくなったらしい。笑った。私も笑った。

「しかし、」と先生は、まじめになって、「あれは興味の深い動物、そうじゃ、まさしく珍動物とでも称すべきでありましょう。」いよいよ鹿爪《しかつめ》らしくなった。私は縁側に

腰をかけ、しぶしぶ懐中から手帖《てちょう》を出した。このように先生が鹿爪らしい調子でものを言い出した時には、私がすぐに手帖を出してそれを筆記しなければならぬ習慣になっていた。いちど私が、よせばいいのに、先生のご機嫌をとろうと思って、先生の座談はとても面白い、ちょっと筆記させていただきます、と言って手帖を出したら、それが、いたく先生のお気に召して、それからは、ややもすれば、坐《すわ》り直してゆっくりした口調でものを言いたがり、私が手帖を出さないと、なんともいえない渋いまずい顔をなさって、そうしてチクリチクリと妙な皮肉めいた事を言いはじめるので、どうしても私は手帖を出さざるを得なくなるのである。私はこの習慣については、実は内心大いに閉口しているのだが、しかし、これとても、私のつまらぬおべっかの報いに違いないのだから、誰をも恨む事が出来ない。以下はその日の、座談筆記の全文である。括弧《かっこ》の中は、速記者たる私のひそかな感懐である。

さて、きょうは、何をお話いたしましょうかな。何も別にお話する程の珍らしい事もございませぬが、（こんなに気取らないと、いい先生なんだが）本当に、いつもいつも似たような話で、皆様も（誰もいやしない）うんざりしたでございましょうから、きょうは一つ、山椒魚という珍動物に就いて、浅学の一端を御披露しましょう。先日私は、素直な書生にさそわれまして（いやな事を言う）井の頭公園の梅見としゃれたのでありますが、紅梅、白梅、ほつほつと咲きほころび（紅梅は咲いていなかった）つつましく艶《えん》を競い、まことに物静かな、仙境とはかくの如きかと、あなた、こなた、夢に夢みるような思いにてさまよい歩き、ほとんど俗世間に在るを忘却いたし（親子どんぶり、親子どんぶり）ふと眼前にあらわれたるは、幽玄なる太古の動物、深山の（言うという字に糸二つか）巒気たゆとう尊いお姿、ごそりごそりとうごめいていました。いや、驚かなくともよろしい。これが、その、れいの山椒魚であったというわけなのであります。私たちは、梅が香に酔いしれ、ふらふら歩いて、知らず識《し》らずのうちに公園の水族館にはいっていたのであります。山椒魚。私はその姿を見て直観いたしました。これだ！　これこそ私の長年さがし求めていたところの恋人だ。古代そのままのにおい。純粋の、やまと。（ちょっと、こじつけ）これは、全く日本のものだ。私は、おもむろに、かの同行の書生に向い、この山椒魚の有難さを説いて聞かせようと思ったとたんに、かの書生は突如狂人の如く笑い出しましたので、私は実に不愉快になり、説明を中止して匆々《そうそう》に帰宅いたしたのでございます。きょうは皆様に、まずこの山椒魚の学理上の説明を少しお聞かせ致しましょう。日本の大きい山椒魚は、これは世界中でたいへん名高いものだそうでございまして、私が最近、石川千代松博士の著書などで研究いたしましたところに依《よ》れば、いまから二百年ばかり前に独逸《ドイツ》の南の方で、これまで見た事も無い奇妙な形の化石が出まして、或るそそっかしい学者が、これこそは人間の骨だ、人間は昔、こんな醜い姿をして這《は》って歩いていたのだ、恥を知れ、などと言って学界の紳士たちをおどかしたので、その石は大変有名になりまして、貴婦人はこれを憎み、醜男《ぶおとこ》は喝采《かっさい》し、宗教家は狼狽《ろうばい》し、牛太郎は肯定し、捨てて置かれぬ一大社会問題にさえなりかけて来ましたので、当時の学界の権威たちが打ち寄り研究の結果、安心せよ、これは人間の骨ではない、しかしなんだかわからない、亜米利加《アメリカ》の谷川に棲《す》むサンショウウオという小動物に形がよく似ているが、けれども、亜米利加にいるそのサンショウウオは、こんなに大きくはない、両者の間には、その大きさに於いて馬と兎《うさぎ》くらいの相違がある。結局、なんだかわからないが、まあ、大サンショウウオとでもいうものであろう、と気のきいたごまかしかたをして、いまはこの大サンショウウオなるものは死滅して世界中のどこにもいない、居《お》らん！　と大声で言って衆口を閉じさせ、ひとまず落ちつく事にいたしましたが、さてその後、シーボルトという人が日本にまいりまして、或る偶然の機会にれいの一件がのそりのそり歩いているのを見つけて腰を抜かした。何千年も前に、既に地球上から影を消したものとばかり思われていた古代の怪物が、生きてのそのそ歩いている、ああ、ニッポンに大サンショウウオ生存す、と世界中の学界に打電いたしました。世界中の学者もこれには、めんくらった。うそだろう、シーボルトという奴《やつ》は、もとから、ほら吹きであった、などと分別臭い顔をして打ち消す学者もございましたが、どうも、そのニッポンの大サンショウウオの骨格が、欧羅巴《ヨーロッパ》で発見せられた化石とそっくりだという事が明白になってまいりましたので、知らぬ振りをしているわけにもゆかず、ここに日本の山椒魚《さんしょううお》が世界中の学者の重要な研究課目と相なりまして、いやしくも古代の動物に関心を持つほどの者は、ぜひとも一度ニッポンの大サンショウウオにお目にかからなければ話にならぬとまで言われるようになって、なんとも実に痛快無比、御同慶のいたりに堪《た》えません。思っても見よ（また気取りはじめた）太古の動物が太古そのままの姿で、いまもなお悠然とこの日本の谷川に棲息《せいそく》し繁殖し、また静かにものを思いつつある様は、これぞまさしく神ながら、万古不易の豊葦原瑞穂国《とよあしはらみずほのくに》、かの高志《こし》の八岐《やまた》の遠呂智《おろち》、または稲羽《いなば》の兎の皮を剝《は》ぎし和邇《わに》なるもの、すべてこの山椒魚ではなかったかと（脱線、脱線）私は思惟《しい》つかまつるのでありますが、反対の意見をお持ちの学者もあるかも知れません。別段、こだわるわけではありませんが、作州の津山から九里ばかり山奥へはいったところに向湯原村というところがありまして、そこにハンザキ大明神という神様を祀《まつ》っている社《やしろ》があるそうです。ハンザキというのは山椒魚の方言のようなものでありまして、半分に引き裂かれてもなお生きているほど生活力が強いという意味があるのではなかろうかと思いますが、そのハンザキ大明神としてまつられてある山椒魚も、おそろしく強く荒々しいものであったそうで、さかんに人間をとって食べたという口碑がありまして、それは作陽誌という書物にも出ているようでございます。あんまり人間をとって食べるので、或《あ》る勇士がついに之《これ》を退治して、あとの祟《たた》りの無いように早速、大明神として祀り込めてうまい具合におさめたという事が、その作陽誌という書物に詳しく書かれているのでございます。いまは、ささやかなお宮ですが、その昔は非常に大きい神社だったそうで、なんだか、八岐の大蛇の話に似ているようなところもあるではございませんか。決して、こだわるわけではありませぬが、作陽誌によりますると、そのハンザキの大きさが三丈もあったというのですが、それは学者たちにとっては疑わしい事かも知れませんが、どうも私は人の話を疑う奴はまことにきらいで、三丈と言ったら三丈と信じたらいいではないか。（何も速記者に向って怒る必要はない）とにかく昔は、ほうぼうに山椒魚がいて、そうしてなかなか大きいのも居ったという事を私は信じたいのでございます。いったいあの動物は、からだが扁平《へんぺい》で、そうして年を経ると共に、頭が異様に大きくなります。そうして口が大きくなって、いまの若い人たちなどがグロテスクとか何とかいって敬遠したがる種類の風貌《ふうぼう》を呈してまいりますので、昔の人がこれを、ただものでないとして畏怖《いふ》したろうという事も想像に難くないのであります。実際また、いま日本の谷川に棲息している二尺か二尺五寸くらいの山椒魚でも、くらいついたり何かすると酷《ひど》いそうです。鋭い歯はありませんけれども何せ力が強うございますから、人間の指の一本や二本は、わけなく食いちぎるそうで、どうも、いやになります。（失言）その点に就いても私は山椒魚に対して常に十分の敬意を怠らぬつもりでございます。割合におとなしい動物でありますけれど、あれで、怒ると非常にこわいものだそうで、稲羽の兎も、あるいはこいつにやられたのではなかろうかと私はにらんでいるのでございますが、これに就いてはなお研究の余地もあるようでございます。妙なもので、あのように鈍重に見えていても、ものを食う時には実に素早いそうで、静かに瞑想《めいそう》にふけっている時でも自分の頭の側《そば》に他の動物が来ると、パッと頭を曲げて食いつく、是《これ》がどうも実に素早いものだそうで、話に聞いてさえ興醒《きょうざ》めがするくらいで、突如として頭を曲げて、ぱくりとやって、また静かに瞑想にふける。日本の山椒魚は、あのヤマメという魚を食っているのですが、どうしてあんな敏捷《びんしょう》な魚をとって食えるか、不思議なくらいであります。それにはあの山椒魚の皮膚の色がたいへん役立っているようであります。かれが谷川の岩の下に静かに身を沈めていると、泥だか何だかさっぱりわからぬ。それでかれは、岩穴の出口のところに大きい頭を置いておきまして、深くものを思うておりまするど、ヤマメがちょいとその岩の下に寄って来る、と突如ぱくりと大きな口をあけてそれを食べる、遠くまで追いかけて行くという事はからだが重くてとても出来ない、そのかわり自分の頭のすぐそばに来たなら決して逃がさずぱくりと食べる、それは非常に素早いものだそうであります。昼はたいてい岩の下などにもぐっているのですが、夜はのそのそ散歩に出かける。そうしてずいぶん遠く下流にまでやって来る様子で、たいへん大きな河の河口で網を打っていたら、その網の中にはいっていたなどの話もあるようでございます。だいたい日本のどの辺に多くいるのか、それはあのシーボルトさんの他《ほか》にも、和蘭《オランダ》人のハンデルホーメン、独逸人のライン、地理学者のボンなんて人も、ちょいちょい調べていましたそうで、また日本でも古くは佐々木忠次郎とかいう人、石川博士など実地に深山を歩きまわって調べてみて、その結果、岐阜の奥の郡上《ぐじょう》郡に八幡《はちまん》というところがありまして、その八幡が、まあ、東の境になっていて、その以東には、山椒魚は見当らぬ、そうして、その八幡から西、中央山脈を伝わって本州の端まで山椒魚はいる、という事にただいまのところではなっているようでございます。周防長門《すおうながと》にもいるそうですし、石州あたりにもいるそうです。それから、もう一つは、琵琶《びわ》湖の近所から伊勢《いせ》、伊賀《いが》、大和、あの辺に山脈がありますが、あの山脈にもちょいちょい居るそうでございます。その他は、四国にも九州にもいまのところ見当らぬそうで、箱根サンショウウオというのが関東地方に棲息して居りますけれども、あれはまた全く違った構造を持っているもので、せいぜい蠑螈《いもり》くらいの大きさでありまして、それ以上は大きくなりませぬ。日本の山椒魚が、とにかく古代の化石と同じくらいに大きいというところに有難さがある訳でありまして、文句無しに世界一ばん、ここに私の情熱もおのずから湧《わ》いて来て、力こぶもはいってまいります次第でございます。最近、日本で発見せられた山椒魚の中で一ばん大きいのは、四尺五寸、まず一メートル半というところで、それ以上のものは、ちょっと見当らぬそうでございます。けれども、伯耆国《ほうきのくに》の淀江《よどえ》村というところに住んでいる一老翁《ろうおう》が、自分の庭の池に子供の時分から一匹の山椒魚を飼って置いた、それが六十年余も経《た》って、いまでは立派に一丈以上の大山椒魚になって、時々水面に頭を出すが、その頭の幅だけでも大変なもので、幅三尺、荘厳《そうごん》ですなあ、身のたけ一丈、もっとも、この老翁は、実にずるいじいさんで、池の水を必要以上に濁らせて、水面には睡蓮《すいれん》をいっぱいはびこらせて、その山椒魚の姿を誰にも見せないようにたくらんで、そうして自分ひとりで頭の幅三尺、身のたけ一丈、と力んでいるのだそうで、それは或る学者の報告書にも見えていた事でございますが、その学者は、わざわざ伯耆国淀江村まで出かけて行ってその老翁に逢い、もし本当に一丈あるんだったら、よほど高い金を出して買ってもよろしい、ひとめ見せてくれ、と懇願したが、老翁はにやりと笑って、いれものを持って来たか、と言ったそうで、実に不愉快、その学者も「面妖《めんよう》の老頭にして、いかぬ老頭なり」とその報告書にしるしてありますくらいで、地団駄踏んでくやしがった様が、その一句に依っても十分に察知できるのであります。その山椒魚は、その後どうなったか、私も実は、それほどの大きい山椒魚を一匹欲しいものだと思っているのでありますが、どうも、いれものを持って来たか、と言われると窮します。バケツぐらいでは間に合いません。けれども、私は、いつの日か、一丈ほどの山椒魚を、わがものにしたい、そうして日夕《にっせき》相親しみ、古代の雰囲気《ふんいき》にじかに触れてみたい、深山幽谷のいぶきにしびれるくらい接してみたい、頃日《けいじつ》、水族館にて二尺くらいの山椒魚を見て、それから思うところあってあれこれと山椒魚に就いて諸文献を調べてみましたが、調べて行くうちに、どうにかして、日本一ばん、いや日本一ばんは即《すなわ》ち世界一ばんという事になりますが、一ばん大きな山椒魚を私の生きて在るうちに、ひとめ見たいものだという希望に胸を焼かれて、これまた老いの物好きと、かの貧書生（ひどい）などに笑われるのは必定と存じますが、神よ、私はただ、大きい山椒魚を見たいのです、人間、大きいものを見たいというのはこれ天性にして、理窟《りくつ》も何もありやせん！（本音に近し）それは、どのように見事なものだろう、一丈でなくとも六尺でもいい、想像するだに胸がつぶれる。まず今日は、これくらいにして置きましょう。（ばかばかしい）

その日の談話は以上の如《ごと》く、はなはだ奇異なるものであった。いくら黄村先生が変人だと言っても、こんな奇怪な座談をこころみた事は、あまり例が無い。日によっては速記者も、おのずから襟《えり》を正したくなるほど峻厳《しゅんげん》な時局談、あるいは滋味掬《きく》すべき人生論、ちょっと笑わせる懐古談、または諷刺《ふうし》、さすがにただならぬ気質の片鱗《へんりん》を見せる事もあるのだが、きょうの話はまるで、どうもいけない。一つとして教えられるところが無かった。紅梅白梅が艶《えん》を競ったの、夢に夢みる思いをしたのといい加減な大嘘《おおうそ》ばかり並べて、それからいよいよ山椒魚だ、巒気《らんき》たゆとう尊いお姿が、うごめいていて、そうして夜網にひっかかったの、ぱくりと素早くたべるとか何とか言って、しまいには声をふるわせて、一丈の山椒魚を見たい、せめて六尺でもいい、それはどのように見事だろう、なんて言い出す始末なので、私は、がっかりした。先生も山椒魚の毒気にあてられて、とうとう駄目になってしまったのではなかろうかと私は疑い、これからはもうこんなつまらぬ座談筆記は、断然おことわりしようと、心中かたく決意したのである。その日は私もあまりの事に呆《あき》れて、先生のお顔が薄気味わるくさえ感じられ、筆記がすむとすぐにおいとましたのであるが、それから四、五日経って私は甲州へ旅行した。甲府市外の湯村温泉、なんの変哲もない田圃《たんぼ》の中の温泉であるが、東京に近いわりには鄙《ひな》びて静かだし、宿も安直なので、私は仕事がたまると、ちょいちょいそこへ行って、そこの天保館という古い旅館の一室に自らを閉じこめて仕事をはじめるということにしていたのである。けれども、その時の旅行は、完全に失敗であった。それは二月の末の事で、毎日大風が吹きすさび、雨戸が振動し障子の破れがハタハタ囁《ささや》き、夜もよく眠れず、私は落ちつかぬ気持で一日一ぱい火燵《こたつ》にしがみついて、仕事はなんにも出来ず、腐りきっていたら、こんどは宿のすぐ前の空地に見世物小屋がかかってドンジャンドンジャンの大騒ぎをはじめた。悪い時に私はやって来たのだ。毎年、ちょうどその頃、湯村には、厄除《やくよけ》地蔵のお祭りがあるのだ。たいへん御《ご》利益《りやく》のある地蔵様だそうで、信濃《しなの》、身延《みのぶ》のほうからも参詣人《さんけいにん》が昼も夜もひっきりなしにぞろぞろやって来るのだ。見せ物は、その参詣人にドンジャンドンジャン大騒ぎの呼びかけを開始したのである。私は地団駄踏んだ。厄除地蔵のお祭りが二月の末に湯村にあるという事は前から聞いて知っていたのに、うっかりしていた。ばかばかしい事になったものだ。私は仕事を断念した。そうして宿の丹前に羽織をひっかけ、こうなれば一つその地蔵様におまいりでもして、そうしてここを引き上げようと覚悟をきめた。宿を出ると、すぐ目の前に見世物小屋。テントは烈風にはためき、木戸番は声をからして客を呼んでいる。ふと絵看板を見ると、大きな沼で老若男女《ろうにゃくなんにょ》が網を曳《ひ》いているところがかかれていて、ちょっと好奇心のそそられる絵であった。私は立ちどまった。

「伯耆国は淀江村の百姓、太郎左衛門が、五十八年間手塩にかけて――」木戸番は叫ぶ。

伯耆国淀江村。ちょっと考えて、愕然《がくぜん》とした。全身の血が逆流したといっても誇張でない。あれだ！　あの一件だ。

「身のたけ一丈、頭の幅は三尺、――」木戸番は叫びつづける。私の血はさらに逆流し荒れ狂う。あれだ！　たしかに、あれだ。伯耆国淀江村。まちがいない。この絵看板の沼は、あの「いかぬ老頭」の庭の池を神秘めかしてかいたのだろう。それでは、事実、あれが「いかぬ老頭」の池に棲息《せいそく》していたのに違いない。身のたけ一丈、頭の幅三尺というのには少し誇張もあるだろうが、とにかく、あの、大――山椒魚《さんしょううお》がいたのだ！　そうしていま、この私の目の前の、薄汚い小屋の中にその尊いお身を横たえているのだ。なんというチャンス！　黄村先生があのように老いの胸の内を焼きこがして恋いしたっていた日本一の、いや世界一の魔物、いや魔物ではない、もったいない話だ、霊物が、思わざりき、湯村の見世物になっているとは、それこそ夢に夢みるような話だ。誰もこの霊物の真価を知るまい。これは、なんとしても黄村先生に教えてあげなければならぬ、とあの談話筆記をしている時には、あんなに先生のお話の内容を冷笑し、主題の山椒魚なる動物にもてんで無関心、声をふるわせて語る先生のお顔を薄気味わるがったりなど失礼な感情をさえ抱いていた癖に、いま眼前に、事実、その伯耆国淀江村の身のたけ一丈が現出するに及んで、俄然《がぜん》てんこ舞いをはじめてしまった。やはり先生のお言葉のとおり、人間は形の大きな珍動物に対しては、理窟《りくつ》もクソもありゃしない、とても冷静な気持なんかで居られるものでない。

私は十銭の木戸銭を払って猛然と小屋の中に突入し勢いあまって小屋の奥の荒むしろの壁を突き破り裏の田圃へ出てしまった。また引きかえし、荒むしろを掻《か》きわけて小屋へはいり、見た、小屋の中央に一坪ほどの水たまりがあって、その水たまりは赤く濁って、時々水がだぶりと動く。一坪くらいの小さい水たまりに一丈の霊物がいるというのは、ちょっと不審であったが、併《しか》し霊物も身をねじ曲げて、旅の空の不自由を忍んでいるのかも知れない。正確に一丈はなくとも、伯耆国淀江村のあの有名な山椒魚だとすると、どうしたって七尺、あるいは八尺くらいはあるであろう。とにかくあの淀江村の山椒魚は、世界の学界に於《お》いても有名なものなのである。知る人ぞ知る、である。文献にちゃんと記載されてあるのだ。

だぶりと水が動く。暗褐色のぬらりとしたものが、わずかに見えた。たしかだ。淀江村だ。いま見えたのは幅三尺の頭の一部にちがいない。私は窒息せんばかりに興奮した。見世物小屋から飛び出して、寒風に吹きまくられ、よろめきながら湯村の村はずれの郵便局にたどりつく。肩で烈《はげ》しく息をしながら、電文をしたためた。

サンショウミツケタ」テンポウカン」ヨドエムラノヤツ」ユムラニテ

何が何やらわからない電文になった。その頼信紙は引き裂いて、もう一枚、頼信紙をもらい受けて、こんどは少し考えて、まず私の居所姓名をはっきり告げて、それからダイサンショウミツケタとだけ記して発信する事にした。スグコイと言わなくても、先生は足を宙にして飛んで来る筈《はず》だと考えた。果してその夜、先生はどたばたと宿の階段をあがって来て私の部屋の襖《ふすま》をがらりとあけて、

「山椒魚はどれ、どこに。」と云《い》って、部屋の中を見廻した。宿の部屋をのその這《は》いまわっていたのを私が見つけて、電報で知らせたとでも思っていたらしい。やっぱり先生は、私などとは、けた違いの非常識人である。

「見世物になっているのです。」私は事情をかいつまんで報告した。

「淀江村！　それならたしかだ。いくらだ。」

「一丈です。」

「何を言っている。ねだんだよ。」

「十銭です。」

「安いねえ。嘘だろう。」

「いいえ、軍人と子供は半額ですけど。」

「軍人と子供？　それは入場料ではないか。私はその山椒魚を買うつもりなんだよ。お金も準備して来た。」先生は大きい紙いれを懐中から出して火燵の上に載せてにやりと笑った。私はその顔を見て、なんだかまた薄気味が悪くなって来た。

「先生、大丈夫ですか？」

「大丈夫だ。一尺二十円として、六尺あれば百二十円、七尺あれば百四十円、一丈あったら二百円、と私は汽車の中で考えて来た。君、すまないが、見世物の大将をここへ連れて来てくれないか。それから宿の者に、お酒を言いつけて、やあ、この部屋は汚いなあ、君はよくこんな部屋で生活が出来るね、まあ我慢しよう、ここでその大将とお酒を飲みながら、ゆっくり話合ってみようじゃないか、商談には饗応《きょうおう》がつきものだ。君、たのむ。」

私はしぶしぶ立って下の帳場へ行き、お酒を言いつけて、それから、「あの、へんな事を言うようだけど、」どうも甚《はなは》だ言い出しにくかった。「前の見せ物のね、大将を、僕の部屋に連れて来てくれませんか。いや、実はね、あの見せ物の怪魚をね（見せ物の看板では、天然自然の大怪魚という事になっていた）あいつをね、ぜひとも買いたいという人があるんです。それは僕の先生なんだが、しっかりした人ですから信用してもらいたい、とにかくそう言って大将をね、連れて来て下さいませんか。お願いします。相当の高い値で買ってもいいような事も、その先生は言っておりますからね。とにかく、ちょっと、ひとつ、お願いします。」こんな妙な依頼は、さすがに私も生れてこのかた、はじめての事であった。言いながら、顔が真赤になって行くのを意識した。まさに冷汗ものであったのである。宿の番頭は、妙な顔をしてにこりともせず、下駄《げた》をつっかけて出て行った。

私は部屋で先生と黙って酒をくみかわしていた。あまりの緊張にお互い不機嫌になり、そっぽを向きたいような気持で、黙ってただお酒ばかり飲んでいたのである。襖があいて実直そうな小柄の四十男が、腰をかがめてはいって来た。木戸で声をからして叫んでいた男である。

「君、どうぞ、君、どうぞ。」先生は立って行って、その男の肩に手を掛け、むりやり火燵にはいらせて、「まあ一つ飲み給《たま》え。遠慮は要りません。さあ。」

「はあ。」男は苦笑して、「こんな恰好《かっこう》で、ごめん下さい。」見ると、木戸にいる時と同様、紺の股引《ももひき》にジャケツという風采《ふうさい》であった。

「なには？　あの、店のほうは？」私は気がかりになったので尋ねた。

「ちょっといま、休ませて来ました。」ドンジャンの鐘太鼓も聞えず、物売りの声と参詣人の下駄の足音だけが風の音にまじって幽《かす》かに聞える。

「君は大将でしょうね。見せ物の大将に違いないでしょうね。」先生は、何事も意に介さぬという鷹揚《おうよう》な態度で、その大将にお酌をなされた。

「は、いや、」大将は、左手で盃《さかずき》を口に運びながら、右手の小指で頭を搔いた。「委《まか》せられております。」

「うむ。」先生は深くうなずいた。

それから先生と大将との間に頗《すこぶ》る珍妙な商談がはじまった。私は、ただ、はらはらして聞いていた。

「ゆずってくれるでしょうね。」

「は？」

「あれは山椒魚でしょう？」

「おそれいります。」

「実は、私は、あの山椒魚を長い間さがしていました。伯耆国淀江村。うむ。」

「失礼ですが、旦那《だんな》がたは、学校関係の？」

「いや、どこにも関係は無い。そちらの書生さんは文士だ。未《ま》だ無名の文士だ。私は、失敗者だ。小説も書いた、画もかいた、政治もやった、女に惚《ほ》れた事もある。けれどもみんな失敗、まあ隠者、そう思っていただきたい。大隠《たいいん》は朝市《ちょうし》に隠る、と。」先生は少し酔って来たようである。

「へへ、」大将はあいまいに笑った。「まあ、ご隠居で。」

「手きびしい。一つ飲み給え。」

「もうたくさん。」大将は会釈《えしゃく》をして立ち上りかけた。「それでは、これで失礼します。」

「待った、待った。」先生は極度にあわてて大将を引きとめ、「どうしたという事だ。話は、これからです。」

「その話が、たいていわかったもんで、失礼しようと思ったのです。旦那、間《ま》が抜けて見えますぜ。」

「手きびしい。まあ坐《すわ》り給え。」

「私には、ひまがないのです。旦那、山椒魚を酒のさかなにしようたって、それあ無理です。」

「気持の悪い事をおっしゃる。それは誤解です。山椒魚を焼いてたべる人があるという事は書物にも出ていたが、私は食べない。食べて下さいと言われても、私は箸《はし》をつけないでしょう。山椒魚の肉を酒のさかなにするなんて、私はそんな豪傑でない。私は、山椒魚を尊敬している。出来る事なら、わが庭の池に迎え入れてそうして朝夕これと相親しみたいと思っているのですがね。」懸命の様子である。

「だから、それが気にくわないというのです。医学の為《ため》とか、あるいは学校の教育資料とか何とか、そんな事なら話はわかるが、道楽隠居が緋鯉《ひごい》にも飽きた、ドイツ鯉もつまらぬ、山椒魚はどうだろう、朝夕相親しみたい、まあ一つ飲め、そんなふざけたお話に、まともにつき合っておられますか。酔狂もいい加減になさい。こっちは大事な商売をほったらかして来ているんだ。唐変木め。ばかばかしいのを通り越して腹が立ちます。」

「これは弱った。有閑階級に対する鬱憤積怨《うっぷんせきえん》というやつだ。なんとか事態をまるくおさめる工夫は無いものか。これは、どうも意外の風雲。」

「ごまかしなさんな。見えすいていますよ。落ちついた振りをしていても、火燵《こたつ》の中の膝頭《ひざがしら》が、さっきからがくがく震えているじゃありませんか。」

「けしからぬ。これはひどく下品になって来た。よろしい。それではこちらも、ざっくばらんにぶっつけましょう。一尺二十円、どうです。」

「一尺二十円、なんの事です。」

「まことに伯耆国《ほうきのくに》淀江《よどえ》村の百姓の池から出た山椒魚ならば、身のたけ一丈ある筈だ。それは書物にも出ている事です。一尺二十円、一丈ならば二百円。」

「はばかりながら三尺五寸だ。一丈の山椒魚がこの世に在ると思い込んでいるところが、いじらしいじゃないか。」

「三尺五寸！　小さい。小さすぎる。伯耆国淀江村の、――」

「およしなさい。見世物の山椒魚は、どれでもこれでもみんな伯耆国は淀江村から出たという事になっているんだ。昔から、そういう事になっているんだ。小さすぎる？　悪かったね。あれでも、私ら親子三人を感心に養ってくれているんだ。一万円でも手放しゃしない。一尺二十円とは、笑わせやがる。旦那、間が抜けて見えますぜ。」

「すべて、だめだ。」

「口の悪いのは、私の親切さ。突飛な慾《よく》は起さぬがようござんす。それでは、ごめんこうむります。」まじめに言って一礼した。

「お送りする。」

先生は、よろよろと立ち上った。私のほうを見て、悲しそうに微笑《ほほえ》んで、

「君、手帖《てちよう》に書いて置いてくれ給え。趣味の古代論者、多忙の生活人に叱咤《しった》せらる。そもそも南方の強か、北方の強か。」

酒の酔いと、それから落胆のために、足もとがあぶなっかしく見えた。見世物の大将を送って部屋から出られて、たちまち、ガラガラドシンの大音響、見事に階段を踏みはずしたのである。腰部《ようぶ》にかなりの打撲傷を作った。私はその翌《あく》る日、信州の温泉地へ向って旅立ったが、先生はひとり天保館に居残り、傷養生のため三週間ほど湯治をなさった。持参の金子は、ほとんどその湯治代になってしまった模様であった。

以上は、先生の山椒魚事件の顚末《てんまつ》であるが、こんなばかばかしい失敗は、先生に於いてもあまり例の無い事であって、山椒魚の毒気にやられたものと私は単純に解したいのであるが、「趣味の古代論者、多忙の生活人に叱咤せらる。南方の強か、北方の強か。」とかいう先生の謎《なぞ》のような一言を考えると、また奇妙にくすぐったくなって来るのも事実である。ご存じであろうけれども、南方の強、北方の強、という言葉は、中庸第十章にも見えているようであるが、それとこれとの間に於いては別段、深い意味も無いように、私には思われる。とにかく黄村先生は、ご自分で大いなる失敗を演

じて、そうしてその失敗を私たちへの教訓の材料になさるお方のようでもある。

（「文学界」昭和十八年一月号）

花吹雪

一

花吹雪という言葉と同時に、思い出すのは勿来《なこそ》の関である。花吹雪を浴びて駒《こま》を進める八幡《はちまん》太郎義家《よしいえ》の姿は、日本武士道の象徴かも知れない。けれども、この度の私の物語の主人公は、桜の花吹雪を浴びて闘うところだけは少し義家に似ているが、頗《すこぶ》る弱い人物である。同一の志趣を抱懐しながら、人さまざま、日陰の道ばかり歩いて一生涯を費消する宿命もある。全く同じ方向を意図し、甲乙の無い努力を以《もっ》て進みながらも或《あ》る者は成功し、或る者は失敗する。けれども、成功者すなわち世の手本と仰がれるように、失敗者もまた、われらの亀鑑《きかん》とするに足ると言ったら叱《しか》られるであろうか。人の振り見てわが振り直せ、とかいう諺《ことわざ》さえあるようではないか。この世に無用の長物は見当らぬ。いわんや、その性善にして、その志向するところ甚《はなは》だ高遠なるわが黄村先生に於《お》いてをやである。黄村先生とは、もとこれ市井《しせい》の隠にして、時たま大いなる失敗を演じ、そもそも黄村とは大損の意かと疑わしむるほどの人物であるけれども、そのへまな言動が、必ずわれらの貴い教訓になるという点に於いてなかなか忘れ難い先生なのである。私は今年のお正月、或る文芸雑誌に「黄村先生言行録」と題して先生が山椒魚《さんしょううお》に熱中して大損をした時の事を報告し、世の賢者たちに、なんだ、ばかばかしいと顰蹙《ひんしゅく》せられて、私自身も何だか大損をしたような気さえしたのであるが、このたびの先生の花吹雪格闘事件もまた、世の賢者たちに或いは憫笑《びんしょう》せられるかも知れない。けれども、あの山椒魚の失敗にしても、またこのたびの逸事にしても、先生にとっては、なかなか悲痛なものがあったに違いない、と私には思われてならぬので、前回の不評判にも懲《こ》りずに、今回ふたたび先生の言行を記録せんとする次第なのである。先生の失敗は、私たち後輩への佳《よ》き教訓になるような気がすると、前回に於いても申述べて置いた筈《はず》であるが、そんなら一体どんな教訓になるのか、一言でいえば何か、と詰寄られると、私は困却するのである。人間、がらでない事をするな、という教訓のようでもあり、いやいや、情熱の奔騰《ほんとう》するところ、ためらわず進め！墜落しても男子の本懐、何でもやってみる事だ、という激励のようでもあり、結局、私にも何が何やらわからないのだ。けれども、何が何やらわからぬ事実の中から、ふいと淋しく感ずるそれこそ、まことの教訓のような気もするのである。吹く風をなその関という歌の心を一言でいい切る事が至難なのと同様に、どうも、親切な教訓ほど、一言で明示する事はむずかしいようである。先日、私が久しぶりで阿佐ケ谷《あさがや》の黄村先生のお宅へお伺いしたら、先生は四人の文科大学生を相手に、気焔《きえん》を揚げておられた。私もさっそく四人の大学生の間に割込んで、先生の御高説を拝聴したのであるが、このたびの論説はなかなか歯切れがよろしく、山椒魚の講義などに較《くら》べて、段違いの出来栄《できば》えのようであったから、私は先生から催促されるまでも無く、自発的に懐中から手帖《てちょう》を出して速記をはじめた。以下はその座談筆記の全文であって、ところどころの括弧の中の文章は、私の蛇足にも似た説明である事は前回のとおりだ。

なに、むずかしい事はありません。つまらぬ知識に迷わされるからいけない。女は、うぶ。この他《ほか》には何も要らない。田舎でよく見かける風景だが、麦畑で若いお百姓が、サトやああい、と呼ぶと、はるか向うでそのお里さんが、はああい、と実になんともうれしそうな恥ずかしそうな返事をするね。あれだ。あれだよ。あれでいいのだ。諸君が、もし恋愛小説を書くんだったら、あのような健康な恋愛をこそ書くべきですね。男と女が、コオヒイと称する豆の煮出汁に砂糖をぶち込んだものやら、オレンジなんとかいう黄色い水に蜜柑《みかん》の皮の切端を浮べた薄汚いものを、やたらにがぶがぶ飲んで、かわり番こに、お小用に立つなんて、そんな恋愛の場面はすべて浅墓というべきです。先日、私は近所の高砂館へ行って久し振りに活動を見て来たが、なんとかいう旧劇にちょっといい場面が一つありました。若侍が剣術の道具を肩にかついで道場から帰る途中、夕立になって、或る家の軒先に雨宿りするのですが、その家に十六、七の娘さんがいてね、その若侍に傘をお貸ししようかどうしようかと玄関の内で傘を抱いたままうろうろしているのですね。あれは実に可愛《かわい》かった。私はあの若侍を嫉妬《しっと》しました。女は、あのようでなければいけない。若い男のお客さんにお茶を差出す時なんか、緊張のあまり、君たちの言葉を遣えば、つまり、意識過剰という奴《やつ》をやらかして、お茶《ちゃ》碗《わん》をひっくり返したりする実に可愛い娘さんがいるものだが、あんなのが、まあ女性の手本と言ってよい。男は何かというと、これは、私も最近ようやく気附いた事で、この大発見を諸君に易々《やすやす》と打明けるのは惜しいのであるが、（そうおっしゃらずに、へへ、と言いし学生あり。師を軽んずるは古来、文科学生の通弊とす。）ただいま期せずして座の一隅より、切望懇願のうめき声が発せられたようでもあり、まあ致しかた無い、御伝授しましょう。男子の真価は、武術に在り！（一座色をなせり。逃仕度せし臆病《おくびょう》の学生もあった。）強くなくちゃいけない。柔道五段、剣道七段、あるいは弓術でも、からて術でも、銃剣術でも、何でもよいが、二段か三段くらいでは、まだ心細い。すくなくとも、五段以上でなければいけない。愚かな意見とお思いの方もあるだろうが、たとい国の平和な時でも、男子は常に武術の練磨に励まなければいけなかったのだ。科学者たらんとする者も、政治家たらんとする者も、また宗教家、あるいは、そこに（速記者のほうを、ぐいと顎《あご》でしゃくって、）いらっしゃる芸術家の卵にしても、まず第一に、武術の練磨に努めなければならなかったのに、うかつにも之《これ》を怠っていたので、ごらんのとおり皆さん例外なく卑屈である。怒り給《たも》うな。私だって諸君と同じ事です。私は過去に於いて、政治運動をした事もある、演劇の団体に関係した事もある、工場を経営した事もある、胃腸病の薬を発明した事もある、また、新体詩というものを試みた事だってある。けれども、一つとして、ものにならなかった。いつもびくびくして、自己の力を懐疑し、心の落ちつく場所は無く、お寺へかよって禅を教えてもらったり、或いは部屋に閉じこもって、手当り次第、万巻いや千巻くらいの書を読みちらしたり、大酒を飲んだり、女に惚《ほ》れた真似《まね》をしたり、さまざまに工夫してみたのであるが、どうしても自分の生き方に自信を持てなかった。新劇の運動に参加しても、すぐに、これでいいのか、という疑問が生じて、それこそ三日経《た》てば、いやになったほうです。何か自分に根本的な欠陥があるのではないか、と沈思の末、はたと膝《ひざ》を打った。武術！　これであります。私は男子の最も大事な修行を忘れていたのでした。男子は、武術の他には何も要らない。男子の一生は戦場です。諸君が、どのような仕事をなさるにしても、腕に覚えがなくてはかなわぬ。何がおかしい。私は、真面目《まじめ》に言っているのです。腕力の弱い男子は、永遠に世の敗北者です。

人と対談しても、壇上にて憂国の熱弁を振うにしても、また酒の店でひとりで酒を飲んでいる時でも、腕に覚えの無い男は、どこやら落ちつかず、いやらしい眼つきをして、人に不快の念を生じさせ、蔑視《べっし》せられてしまうものです。文学の場合だって同じ事だ。(ぎょろりと速記者を、にらむのである。)文学と武術とは、甚だ縁の遠いもので、青白く、細長い顔こそ文学者に似つかわしいと思っているらしい人もあるようだが、とんでもない。柔道七段にでもなって見なさい。諸君の作品の悪口を言うものは、ひとりも無くなります。あとで殴られる事を恐れて悪口を言わないのではない。諸君の作品が立派だからである。そこにいらっしゃる先生(と、またもや、ぐいと速記者のほうを顎でしゃくって、)その先生の作品などは、時たま新聞の文芸欄で、愚痴といやみだけじゃないか、と嘲笑《ちょうしょう》せられているようで、お気の毒に思っていますが、それもまたやむを得ない事で、今まで三十何年間、武術を怠り、精神に確固たる自信が無く、きょうは左あすは右、ふらりふらりと千鳥足の生活から、どんな文芸が生れるか凡《おおよ》そわかり切っている事です。いまからでも柔道あるいは剣道の道場へ通うようにするがいい。本当に笑いごとではないのです。明治大正を通じて第一の文豪は誰か。おそらくは鷗外《おうがい》、森林太郎博士であろうと思う。あのひとなどは、さすがに武術のたしなみがあったので、その文章にも凜乎《りんこ》たる気韻がありましたね。あの人は五十ちかくなって軍医総監という重職にあった頃でも、宴会などに於いて無礼者に対しては敢然と腕力をふるったものだ。（まさか、という声あり。）いや、記録にちゃんと残っていいます。くんずほぐれつの大格闘を演じたものだ。鷗外なおかくの如《ごと》し。いわんや、古来の大人物は、すべて腕力が強かった。ただの学者、政治家と思われている人でも、いざという時には、非凡な武技を発揮した。小才だけでは、どうにもならぬ。武術の達人には落ちつきがある。この落ちつきがなければ、男子はどんな仕事もやり了《おお》せる事が出来ない。伊藤博文《いとうひろぶみ》だって、ただの才子じゃないのですよ。いくたびも剣《つるぎ》の下をくぐって来ている。智慧《ちえ》のかたまりのように言われている勝海舟だって同じ事です。武術に練達していなければ、絶対に胆《はら》がすわらない。万巻の書を読んだだけでは駄目だ。坊主《ぼうず》だってそうです。偉い宗教家は例外なく腕力が強い。文覚上人《しょうにん》の腕力は有名だが、日蓮《にちれん》だって強そうじゃないか。役者だってそうです。名人と言われるほどの役者には、必ず武術の心得があったものです。その日常生活に於て、やたらに腕力をふるうのは、よろしくないが、けれどもひそかに武技を練磨し、人に知られず剣道七段くらいの腕前になっていたら、いいだろうなあ。（先生も、学生も、そろって深い溜《ため》息《いき》をもらせり。）いや、しかし之は、閑人のあこがれに終らせてはいけない。諸君は、今日これから直ちに道場へ通わなければならぬ。思う念力、岩をもとおす。私は、もはや老齢で、すでに手おくれかも知れぬが、いや、しかし私だって、——（口を噤《つぐ》んだ。けれども、何か心に深く決するところがあるらしく察せられた。）

二

このたびの黄村先生の、武術に就いての座談は、私の心にも深くしみるものがあった。男はやっぱり最後は、腕力にたよるより他は無いもののようにも思われる。口が達者で図々《ずうずう》しく、反省するところも何も無い奴《やつ》には、ものも言いたくないし、いきなり鮮やかな背負投げ一本くらわせて、そいつのからだを大きく宙に一廻転させ、どたん、ぎゃっという物音を背後に聞いて悠然と引上げるという光景は、想像してさえ胸がすくのである。歌人の西行なども、強かったようだ。荒法師の文覚が、西行を、きざな奴だ、こんど逢《あ》ったら殴ってやろうと常日頃から言っていた癖に、いざ逢ったら、どうしても自分より強そうなので、かえって西行に饗応《きょうおう》したとかいう話も伝わっているほどである。まことに黄村先生のお説のとおり、文人にも武術の練磨が大いに必要な事かも知れない。私が、いつも何かに追われているように、朝も昼も夜も、たえずそわそわして落ちつかぬのは、私の腕力の貧弱なのがその最大理由の一つだったのであろうか。私は暗い気がした。私は、五、六年前から、からだの調子を悪くして、ピンポンをやってさえ発熱する始末なのである。いまさら道場へかよって武技を練るなどはとても出来そうもないのである。私は一生、だめな男なのかも知れない。それにしても、あの鷗外《おうがい》がいいとしをして、宴会でつかみ合いの喧嘩《けんか》をしたとは初耳である。本当かしら。黄村先生は、記録にちゃんと残っている、と断言していたが、出鱈目《でたらめ》ではなかろうか。私は半信半疑で鷗外全集を片端から調べてみた。しかるに果してそれは厳然たる事実として全集に載っているのを発見して、さらに私は暗い気持になってしまった。あんな上品な紳士然たる鷗外でさえ、やる時にはやったのだ。私は駄目だ。二、三年前、本郷三丁目の角で、酔っぱらった大学生に喧嘩を売られて、私はその時、高下駄《たかげた》をはいていたのであるが、黙って立っていてもその高下駄がカタカタカタと鳴るのである。正直に白状するより他は無いと思った。

「わからんか。僕はこんなに震えているのだ。高足駄がこんなにカタカタと鳴っているのが、君にはわからんか。」

大学生もこれには張合いが抜けた様子で、「君、すまないが、火を貸してくれ。」と言って私の煙草《たばこ》から彼の煙草に火を移して、そのまま立去ったのである。けれども流石《さすが》に、それから二、三日、私は面白くなかった。私が柔道五段か何かであったなら、あんな無礼者は、ゆるして置かんのだが、としきりに口惜しく思ったものだ。けれども、鷗外は敢然とやったのだ。全集の第三巻に「懇親会」という短篇がある。

（前略）

此時《このとき》座敷の隅を曲って右隣の方に、座蒲団《ざぶとん》が二つ程あいていた、その先の分の座蒲団の上へ、さっきの踊記者が来て胡坐《あぐら》をかいた。横にあった火鉢を正面に引き寄せて、両手で火鉢の縁を押えて、肩を怒らせた。そして顋《あご》を反らして斜に僕の方を見た。傍《そば》へ来たのを見れば、褐色の八字髭《ひげ》が少しあるのを、上に向けてねじってある。今初めて見る顔である。

その男がこう云《い》った。

「へん、気に食わない奴だ。大沼なんぞは馬鹿《ばか》だけれども剛直な奴で、重りがあった。」

こう言いながら、火鉢を少し持ち上げて、畳を火鉢の尻《しり》で二、三度とんとんと衝《つ》いた。大沼の重りの象徴にする積りと見える。

「今度の奴は生利に小細工をしやがる。今に見ろ、大臣に言って遣《や》るから。（間。）此《この》間《あいだ》委員会の事を聞きに往ったとき、好《よ》くも幹事に聞けなんと云って返したな。こんど逢ったら往来へ撮《つま》み出して遣る。往来で逢ったら刀を抜かなけりゃならないようにして遣る。」

左隣の謡曲はまだ済まない。（中略）右の耳には此脅迫の声が聞えるのである。僕は思い掛けない話なので、暫《しばら》くあっけに取られていた。（中略）そして今度逢ったらを繰り返すのを聞いて、何の思索の暇もなくこう云った。

「何故《なぜ》今遣らないのだ。」

「うむ。遣る。」

と叫んで立ち上がる。

以上は鷗外の文章の筆写であるが、これが喧嘩のはじまりで、いよいよ組んづほぐれつの、つかみ合いになって、

（中略）

彼は僕を庭へ振り落そうとする。僕は彼の手を放すまいとする。手を引き合った儘《まま》、二人は縁から落ちた。

落ちる時手を放して、僕は左を下に倒れて、左の手の甲を花崗石《かこうがん》で擦りむいた。立ち上がって見ると、彼は僕の前に立っている。

僕には此時始めて攻勢を取ろうという考が出た。併《しか》し既に晩《おそ》かった。座敷の客は過半庭に降りて来て、別々に彼と僕とを取り巻いた。彼を取り巻いた一群は、植込の間を庭の入口の方へなだれて行く。

四五人の群が僕を宥《なだ》めて縁から上がらせた。左の手の甲が血みどれになっているので、水で洗えと云う人がある。酒で洗えと云う人がある。近所の医者の処《ところ》へ石炭酸水を貰《もら》いに遣れと云う人がある。手を包めと云って紙を出す。手拭《てぬぐい》を出す。（中略）

鷗外の描写は、あざやかである。騒動が、眼に見えるようだ。そうしてそれから鷗外は、「皆が勧めるから嫌な酒を五六杯飲んだ。」と書いてある。顔をしかめて、ぐいぐい飲んだのであろう。やけ酒に似ている。この作品発表の年月は、明治四十二年五月となっている。私たちの生れない頃である。鷗外の年譜を調べてみると、鷗外はこの時、四十八歳である。すでにその二年前の明治四十年、十一月十五日に陸軍々医総監に任ぜられ、陸軍省医務局長に補せられている。その前年の明治三十九年に、功三級に叙せられ、金鵄《きんし》勲章を授けられ、また勲二等に叙せられ、旭日《きよくじつ》重光章を授けられているのである。自重しなければならぬ人であったのに、不良少年じみた新聞記者と、「何故今遣らないのだ。」

「うむ。遣る。」

などと喧嘩をはじめるとは、よっぽど鷗外も滅茶な勇気のあった人にちがいない。この格闘に於《お》いては、鷗外の旗色はあまり芳《かんば》しくなく、もっぱら守勢であったように見えるが、しかし、庭に落ちて左手に傷を負うてからは「僕には、此時始めて攻勢を取ろうという考が出た。」と書いてあるから、凄《すご》い。人がとめなければ、よっぽどやったに違いない。腕に覚えのある人でなければ、このような張りのある文章は書けない。けれども、これは鷗外の小説である。小説は絵空事《えそらごと》と昔からきまっている。ここに書かれてある騒動を、にわかに「事実」として信じるわけには行かない。私は全集の日記の巻を調べてみた。やっぱり在った。

明治四十二年、二月二日（火）。陰りて風なく、寒からず。（中略）夕に赤坂の八百勘に往《ゆ》く。所謂《いわゆる》北斗会とて陸軍省に出入する新聞記者等の会合なり。席上東京朝日新聞記者村山　某《なにがし》、小池は愚直なりしに汝《なんじ》は軽薄なりと叫び、予に暴行を加う。予村山某と庭の飛石の間に倒れ、左手を傷《きずつ》く。

これに拠《よ》って見ると、かの「懇親会」なる小説は、ほとんど事実そのままと断じても大過ないかと思われる。私は、おのれの意気地の無い日常をかえりみて、つくづく恥ずかしく淋しく思った。かなわぬまでも、やってみたらどうだ。お前にも憎い敵が二人や三人あった筈《はず》ではないか。しかるに、お前はいつも泣き寝入りだ。敢然とやったらどうだ。右の頰を打たれたなら左の頰を、というのは、あれは勝ち得べき腕力を持っていても忍んで左の頰を差出せ、という意味のようでもあるが、お前の場合は、まるで、へどもどして、どうか右も左も思うぞんぶん、えへへ、それでお気がすみます事ならどうか、あ、いてえ、痛《いて》え、と財布だけは、しっかり握って、左右の頬をさんざん殴らせているような図と似ているではないか。そうして、ひとりで、ぶつぶつ言いながら泣き寝入りだ。キリストだって、いざという時には、やったのだ。「われ地に平和を投ぜんために来《きた》れりと思うな、平和にあらず、反《かえ》って剣を投ぜん為《ため》に来れり。」とさえ言っているではないか。あるいは剣術の心得のあった人かも知れない。怒った時には、縄切《なわきれ》を振りまわしてエルサレムの宮の商人たちを打擲《ちょうちゃく》したほどの人である。決して、色白の、やさ男ではない。やさ男どころか、或《あ》る神学者の説に依《よ》ると、筋骨たくましく堂々たる偉丈夫だったそうではないか。虫も殺さぬ大慈大悲のお釈迦《しゃか》さまだって、そのお若い頃、耶輸陀羅《やしゅだら》姫という美しいお姫さまをお妃《きさき》に迎えたいばかりに、恋敵《こいがたき》の五百人の若者たちと武技をきそい、誰も引く事の出来ない剛弓で、七本の多羅樹と鉄の猪《いのしし》を射貫き、めでたく耶輸陀羅姫をお妃にお迎えなさったとかいう事も聞いている。七本の多羅樹と鉄の猪を射透すとは、まことに驚くべきお力である。まったく、それだからこそ、弟子たちも心服したのだ。腕力の強い奴《やつ》には、どこやら落ちつきがある。と黄村先生もおっしゃった。その落ちつきが、世の人に思慕の心を起させるのだ。源氏が今でも人気があるのは、源氏の人たちが武術に於いて、ずば抜けて強かったからである。頼光をはじめ、鎮西八郎、悪源太義平《よしひら》などの武勇に就いては知らぬ人も無いだろうが、あの、八幡太郎義家《はちまんたろうよしいえ》でも、その風流、人徳、兵法に於いて優れていたばかりでなく、やはり男一匹として腕に覚えがあったから、弓馬の神としてあがめられているのである。弓は天才的であったようだ。矢継早の名人で、機関銃のように数百本の矢をまたたく間にひゅうひゅうと敵陣に射込み、しかも百発百中、というと講談のようになってしまうが、しかし源氏には、不思議なくらい弓馬の天才が続々とあらわれた事だけは本当である。血統というものは恐ろしいものである。酒飲みの子供は、たいてい酒飲みである。頼朝《よりとも》だって、ただ猜疑心《さいぎしん》の強い、政略一ぽうの人ではなかった。平治の乱に破れて一族と共に東国へ落ちる途中、当時十三歳の頼朝は馬上でうとうと居睡《いねむ》りをして、ひとり、はぐれた。平治物語に拠ると、「十二月二十七日の夜更《よふけ》方の事なれば、暗さは暗し、先も見えねども、馬に任せて只《ただ》一騎、心細く落ち給《たも》う。森山の宿に入り給えば、宿の者共云いけるは、『今夜馬の足音繁《しげ》く聞ゆるは、落人《おちうど》にやあるらん、いざ留めん』とて、沙汰人数多《さたにんあまた》出でける中に、源内兵衛《げんないひょうえ》真弘《さねひろ》と云う者、腹巻取って打ち懸け、長刀持ちて走り出でけるが、佐殿《すけどの》を見奉《たてまつ》り、馬の口に取り附き、『落人をば留め申せと、六波羅より仰《おお》せ下され給う』とて既に抱き下し奉らんとしければ、鬚切《ひげきり》の名刀を以《もっ》て抜打にしとど打たれければ、真弘が真向二つに打ち割られて、のけに倒れて死ににけり。続いて出でける男は、『しれ者かな』

とて馬の口に取り附く処《ところ》を、同じ様に斬《き》り給えば、籠手《こて》の覆《おおい》より打ちて、打ち落されて退きにけり。その後、近附く者もなければ、云々《うんぬん》。」とあって、未だ十三歳と雖《いえど》も、その手練の程は思いやられる。私が十三歳の時には、女中から怪談を聞かされて、二、三夜は、ひとりで便所へ行けなかった。冗談ではない。実に、どうにも違い過ぎる。武人が武術に長じているのは自然の事でもあるが、しかし、文人だって、鷗外などはやる時には大いにやった。「僕の震えているのが、わからんか。」などという妙な事を口走ってはいないのである。つかみ合って庭へ落ちて、それから更に改めて攻勢に転じようとしたのである。漱石《そうせき》だって銭湯で、無礼な職人をつかまえて、馬鹿野郎！と呶鳴《どな》って、その職人にあやまらせた事があるそうだ。なんでも、その職人が、うっかり水だか湯だかを漱石にひっかけたので、漱石は霹靂《へきれき》の如《ごと》き一喝を浴びせたのだそうである。まっぱだかで呶鳴ったのである。全裸で戦うのは、よほど腕力に自信のある人でなければ出来る芸当でない。漱石には、いささか武術の心得があったのだと断じても、あながち軽忽《けいこつ》の罪に当る事がないようにも思われる。漱石は、その己の銭湯の逸事を龍之介《りゅうのすけ》に語り、龍之介は、おそれおののいて之《これ》を世間に公表したようであるが、龍之介は漱石の晩年の弟子であるから、こと銭湯の一件も、漱石がよっぽど、いいとしをしてからの逸事らしい。立派な口髭をはやしていたのだ。かの鷗外にしても立派な口髭をはやして軍医総監という要職にありながら、やむにやまれず、不良の新聞記者と戦って共に縁先から落ちたのだ。私などは未だ三十歳を少し越えたばかりの群小作家のひとりに過ぎない。自重もくそも、あるもんか。なぜ、やらないのだ。実は、からだが少し、などと病人づらをしようたって駄目だ。むかしの武士は、血を吐きながらでも道場へかよったものだ。宮本武蔵《むさし》だって、病身だったのだ。自分の非力を補足するために、かの二刀流を案出したとかいう話さえ聞いている。武蔵の「独行道《どっこうどう》」を読んだか。剣の名人は、そのまま人生の達人だ。

一、世々の道に背くことなし。
二、万《よろ》ず依怙《えこ》の心なし。
三、身に楽をたくまず。
四、一生の間欲心なし。
五、我事に於て後悔せず。
六、善悪につき他を妬《ねた》まず。
七、何の道にも別を悲まず。
八、自他ともに恨みかこつ心なし。
九、恋慕の思なし。

十、物事に数奇《すき》好みなし。
十一、居宅に望なし。
十二、身一つに美食を好まず。
十三、旧《ふる》き道具を所持せず。
十四、我身にとり物を忌《い》むことなし。
十五、兵具は格別、余の道具たしなまず。
十六、道にあたって死を厭《いと》わず。
十七、老後財宝所領に心なし。
十八、神仏を尊み神仏を頼まず。
十九、心常に兵法の道を離れず。

男子の模範とはまさにかくの如き心境の人を言うのであろう。それに較《くら》べて私はどうだろう。お話にも何もならぬ。われながら呆《あき》れて、再び日頃の汚濁の心境に落ち込まぬよう、自戒の厳粛の意図を以て左に私の十九箇条を列記しよう。愚者の懺悔《ざんげ》だ。神も、賢者も、おゆるし下さい。

一、世々の道は知らぬ。教えられても、へんにてれて、実行せぬ。
二、万ずに依怙の心あり。生意気な若い詩人たちを毛嫌いする事はなはだし。内気な、勉強家の二、三の学生に対してだけは、にこにこする。

三、身の安楽ばかりを考える。一家中に於いて、子供よりも早く寝て、そうして誰よりもおそく起きる事がある。女房が病気をすると怒る。早くなおらないと承知しないぞ、と脅迫めいた事を口走る。女房に寝込まれると亭主の雑事が多くなる故《ゆえ》なり。思索にふけると称して、毛布にくるまって横たわり、いびきをかいている事あり。

四、慾《よく》の深き事、常軌を逸したるところあり。玩具《おもちゃ》屋の前に立ちて、あれもいや、これもいや、それでは何がいいのだと問われて、空のお月様を指差す子供と相通うところあり。大慾は無慾にさも似たり。

五、我、ことごとに後悔す。天魔に魅いられたる者の如し。きっと後悔すると知りながら、ふらりと踏込んで、さらに大いに後悔する。後悔の味も、やめられぬものと見えたり。

六、妬むにはあらねど、いかなるわけか、成功者の悪口を言う傾向あり。

七、「サヨナラだけが人生だ」という先輩の詩句を口ずさみて酔泣きせし事あり。

八、他をも恨めども、自らを恨むこと我より甚しきはあるまじ。

九、起きてみつ寝てみつ胸中に恋慕の情絶える事無し。されども、すべて淡き空想に終るなり。およそ婦女子にもてざる事、わが右に出づる者はあるまじ。顔面の大きすぎる故か。げせぬ事なり。やむなく我は堅人《かたじん》を装わんとす。

十、数奇好み無からんと欲するも得ざるなり。美酒を好む。濁酒も辞せず。

十一、わが居宅は六畳、四畳半、三畳の三部屋なり。いま一部屋欲しと思わぬわけにもあらず。子供の騒ぎ廻る部屋にて仕事をするはいたく難儀にして、引越そうか、とふっと思う事あれども、わが前途の収入も心細ければ、また、無類のおっくうがりの男なれば、すべて沙汰やみとなるなり。一部屋欲しと思う心はたしかにあり。居宅に望なき人の心境とはおのずから万里の距離あり。

十二、あながち美食を好むにはあらねど、きょうのおかずは？　と一個の男子が、台所に向って問を発せし事あるを告白す。下品の極なり。慚愧《ざんき》に堪《た》えず。

十三、わが家に旧き道具の一つも無きは、われに売却の悪癖あるが故なり。蔵書の売却の如きは最も頻繁《ひんぱん》なり。少しでも佳《よ》き値に売りたく、そのねばる事、われながら浅まし。物慾皆無にして、諸道具への愛着の念を断ち切り涼しく過し居《お》れる人と、形はやや相似たれども、その心境の深浅の差は、まさに千尋なり。

十四、わが身にとりて忌むもの多し。犬、蛇、毛虫、このごろのまた蝿《はえ》のうるさき事よ。ほら吹き、最もきらい也《なり》。

十五、わが家に書画骨董《こっとう》の類《たぐい》の絶無なるは、主人の吝嗇《りんしょく》の故なり。お皿一枚に五十円、百円、否《いな》、万金をさえ投ずる人の気持は、ついに主人の不可解とするところの如し。某日、この主人は一友を訪れたり。友は中庭の美事なる薔薇《ばら》数輪を手折りて、手土産に与えんとするを、この主人の固辞して曰《いわ》く、野菜ならばもらってもよい。以て全豹《ぜんぴょう》を推すべし。かの剣聖が武具の他の一切の道具をしりぞけし一すじの精進の心と似て非なること明白なり。なおまた、この男には当分武具は禁物なり。気違いに刃物の譬《たと》えもあるなり。何をするかわかったものに非《あら》ず。弱き犬はよく人を噛《か》むものなり。

十六、死は敢《あ》えて厭うところのものに非ず。生き残った妻子は、ふびんなれども致し方なし。然れども今は、戦死の他の死はゆるされぬ。故に怺《こら》えて生きて居るなり。この命、今はなんとかしてお国の役に立ちたし。この一箇条、敢えて剣聖にゆずらじと思うものの、また考えてみると、死にたくない命をも捨てなければならぬところに尊さがあるので、なんでもかんでも死にたくて、うろうろ死場所を捜し廻っているのは自分勝手のわがままで、ああ、この一箇条もやっぱり駄目なり。

十七、老後の財宝所領に心掛けるどころか、目前の日々の暮しに肝胆を砕いている有様で苦笑の他は無いが、けれども、老後あるいは私の死後、家族の困らぬ程度の財産は、あったほうがよいとひそかに思っている。けれども、財産を遺すなどは私にとって奇蹟《きせき》に近い。財産は無くとも、仕事が残っておれば、なんとかなるんじゃないかしら、などと甘い、あどけない空想をしているんだから之も落第。

十八、苦しい時の神だのみさ。もっとも一生くるしいかも知れないのだから、一生、神仏を忘れないとしても、それだって神仏を頼むほうだ。剣聖の心境に背馳《はいち》すること千万なり。

十九、恥ずかしながらわが敵は、厨房《ちゅうぼう》に在り。之をだまして、怒らせず、以てわが働きの貧しさをごまかそうとするのが、私の兵法の全部である。之と争って、時われに利あらず、旗を巻いて家を飛び出し、近くの井の頭公園の池畔をひとり逍遥《しょうよう》している時の気持の暗さは類が無い。全世界の苦悩をひとりで背負っているみたいに深刻な顔をして歩いて、しきりに夫婦喧嘩《げんか》の後始末に就いて工夫をこらしているのだから話にならない。よろず、ただ呆れたるより他のことは無しである。

剣聖の書遺した「独行道」と一条ずつ引較べて読んでみて下さい。不真面目《ふまじめ》な酔いどれ調にも似ているが、真理は、笑いながら語っても真理だ。この愚者のいつわらざる告白も、賢明なる読者諸君に対して、いささかでも反省の資料になってくれたら幸甚である。幼童のもて遊ぶ伊呂波《いろは》歌留多にもあるならずや、ひ、人の振り見てわが振り直せ、と。

三

とにかく、私は、うんざりしたのだ。どうにも、これでは、駄目である。まるで、見込みが無いのである。男は、武術。之《これ》の修行を怠っている男は永遠に無価値である、と黄村先生に教え諭《さと》され、心にしみるものがあり、二、三の文献を調べてみても、全くそのとおり、黄村先生のお説の正しさが明白になって来るばかりであったが、さて、ひるがえってわが身の現状を見つめるならば、どうにも、あまりにひどい。一つとして手がかりの無い儼然《げんぜん》たる絶壁に面して立った気持で、私は、いたずらに溜息《ためいき》をもらすばかりであった。私の家の近所に整骨院があって、そこの主人は柔道五段か何かで、小さい道場も設備せられてある。夕方、職場から帰った産業戦士たちが、その道場に立寄って、どたんばたんと稽古《けいこ》をしている。私は散歩の途中、その道場の窓の下に立ちどまり、脊《せ》伸《の》びしてそっと道場の内部を覗《のぞ》いてみる。実に壮烈なものである。私は、若い頑強の肉体を、生れてはじめて、胸の焼け焦《こ》げる程うらやましく思った。うなだれて、そのすぐ近くの禅林寺に行ってみる。この寺の裏には、森鷗外《おうがい》の墓がある。どういうわけで、鷗外の墓が、こんな東京府下の三鷹《みたか》町にあるのか、私にはわからない。けれども、ここの墓地は清潔で、鷗外の文章の片影がある。私の汚い骨も、こんな小綺麗《ぎれい》な墓地の片隅《こ》に埋められたら、死後の救いがあるかも知れないと、ひそかに甘い空想をした日も無いではなかったが、今はもう、気持が畏縮《いしゅく》してしまって、そんな空想など雲散霧消した。私には、そんな資格が無い。立派な口髭《くちひげ》を生やしながら、酔漢を相手に敢然と格闘して縁先から墜落したほどの豪傑と、同じ墓地に眠る資格は私に無い。お前なんかは、墓地の択《よ》り好みなんて出来る身分ではないのだ。はっきりと、身の程を知らなければならぬ。私はその日、鷗外の端然たる黒い墓碑をちらと横目で見ただけで、あわてて帰宅したのである。家へ帰ると、一通の手紙が私を待受けていた。黄村先生からのお便りである。ああ、ここに先駆者がいた。私たちの、光栄ある悲壮の先駆者がいたのだ。以下はそのお便りの全文である。

前略。その後は如何《いかが》。老生ちかごろ白氏の所謂《いわゆる》、間事《かんじ》を営み自ら笑うの心境に有之《これあり》候《そうろう》。先日おいでの折、男子の面目は在武術と説き、諸卿《しょけい》の素直なる御賛同を得たるも、教訓する者みずから率先して実行せざれば、あたら卓説も瓦礫《がれき》に等しく意味無きものと相成るべく、老生もとより愚昧《ぐまい》と雖《いえど》も教えて責を負わざる無反省の教師にては無之《これなく》、昨夕、老骨奮起一番して弓の道場を訪れ申候。悲しい哉《かな》、老いの筋骨亀縮《きしゆく》して手足十分に伸び申さず、わななきわななき引きしぼって放ちたる矢の的にはとどかで、すぐ目前の砂利の上にぱたりぱたりと落ちる淋しさ、お祭し被下度《くだされたく》候。南無八幡《なむはちまん》！　と瞑目《めいもく》して深く念じて放ちたる弦《つる》は、わが耳をびゅんと撃ちて、いやもう痛いのなんの、そこら中を走り狂い叫喚したき程の劇痛に有之候えども、南無八幡！　とかすれたる声もて呻《うめ》き念じ、辛じて堪《た》え忍ぶ有様に御座候。然れども、之を以《もっ》て直ちに老生の武術に於《お》ける才能の貧困を云々《うんぬん》するは早計にて、嘗《か》つて誰か、ただ一日の修行にて武術の蘊奥《うんのう》を極め得たる。思う念力、岩をもとおすためしも有之、あたかも、太原の一男子自ら顧るに庸且《か》つ鄙《ひ》たりと雖も、たゆまざる努力を用いて必ずやこの老いの痩《そう》腕《わん》に八郎にも劣らぬくろがねの筋をぶち込んでお目に掛けんと固く決意仕《つかまつ》り、ひとり首肯してその夜の稽古は打止めに致し、帰途は鳴瀬医院に立寄って耳の診察を乞《こ》い、鼓膜は別に何ともなっていませんとの診断を得てほっと致し、さらに勇気百倍、阿佐《あさ》ケ谷《や》の省線踏切の傍なる屋台店にずいとはいり申候。酒不足の折柄、老生もこのごろは、この屋台店の生葡萄酒《ぶどうしゆ》にて渇を医《いや》す事に致し居《おり》候。四月なり。落花紛々の陽春なり。屋台の裏にも山桜の大木三本有之、微風吹き来る度毎《ごと》に、おびただしく花びらこぼれ飛び散り、落花繽紛《ひんぷん》として屋台の内部にまで吹き込み、意気さかんの弓術修行者は酔わじと欲するもかなわぬ風情《ふぜい》、御賢察のほど願上候。然るに、ここに突如として、いまわしき邪魔者の現れ申候。これ老生の近辺に住む老画伯にして、三十年続けて官展に油画を搬入し、三十年続けて落選し、しかもその官展に反旗をひるがえす程の意気もなく、鞠躬如《きつきゆうじよ》として審査の諸先生に松蕈《まつたけ》などを贈るとかの噂《うわさ》も有之、その甲斐《かい》もなく三十年連続の落選という何の取りどころも無き奇態の人物に御座候えども、父祖伝来のかなりの財産を後生大事に守り居る様子にて、しかしながら人間の価値その財産に依《よ》って決定せらるべきものならば老生は只今《ただいま》、割腹し果申すべし、杉田老画伯の如《ごと》きは孫の数人もありながら赤き襟飾《えりかざり》など致して、へんに風態《ふうてい》を若々しく装《よそお》い、以て老生を常日頃より牽制《けんせい》せんとする意図極めてあらわに見え申候。これまた笑止千万の事にて、美々しき服装、われに於いて何のうらやましき事も無之、全く黙殺し去らんと心掛申候えども、この人物は身のたけ六尺、顔面は赤銅色《しやくどうしよく》に輝き腕の太さは松の大木の如く、近所の質屋の猛犬を蹴殺《しゆうさつ》したとかの噂も仄聞《そくぶん》致し居り、甚だ薄気味わるく御座候えば、老生はこの人物に対しては露骨に軽侮の色を示さず、常に技巧的なる笑いを以て御挨拶《あいさつ》申上げ居り候。しかるに今この怪人物、ぬっと屋台店に這入《はい》り来《きた》り、やあ老人、やってるな、と叫び候。かれ既に少しく酔っている様子に見え候えども、老人やってるな、とはぶしつけな奴《やつ》と内心ひそかに呆《あき》れ申候。お手前だって、やはり老人には候わずや。武士は相見互いという事あるを知らずや。心無き振舞いかな、と老生少しく苦々しく存じ居り候ところに、またもや、老人もこのごろは落ちましたな、こんな店でとぐろを巻いているとは知らなかった、と例の人を見くだすが如き失敬の態度にて老生を嘲笑《ちようしよう》仕り候。老生は蛇では御座らぬ。とぐろとは無礼千万なりと思えども、相手は身のたけ六尺、松の木の腕なれば、老生もじっと辛抱仕り候て、あいまいの笑いを口辺に浮べ、もっぱら敬遠の策を施し居り候。しかるに杉田老画伯は調子に乗り、一体この店には何があるのだ、生葡萄酒か、ふむ、ぶていさいなものを飲んでいやがる、おやじ、おれにもその生葡萄酒ちょうものを一杯ついでもらいたい、ふむ、これが生葡萄酒か、ぺっぺ、腐った酢の如きものじゃないか、ごめんこうむる、あるじ勘定をたのむ、いくらだ、とわれを嘲弄《ちようろう》せんとする意図あからさまなる言辞を吐き、帰りしなにふいと、老人、気をつけ給《たま》え、このごろ不良の学生たちを大勢集めて気焔《きえん》を揚げ、先生とか何とか言われて恐悦がっているようだが、汝は隣組の注意人物になっているのだぞ、老婆心《ろうばしん》ながら忠告致す、と口速に言いてすなわち之が捨台詞《すてぜりふ》とでも称すべきものならんか、屋台の暖簾《のれん》を排して外に出《い》でんとするを、老生すかさず、待て！　と叫喚して押止め申候。われは隣組常会に於いて決議せられたる事項にそむきし事ただの一度も無之、月々に割り当てられたる債券は率先して購入仕り、また八幡宮に於ける毎月八日の武運長久の祈願には汝等《なんじら》と共に必ず参加申上候わずや、何を以てか我を注意人物となす、名誉毀損《きそん》なり、そもそも老婆心の忠告とは古来、その心裡《しんり》の卑猥陋醜《ひわいろうしゆう》なる者の最後に試みる牽制の武器にして、かの宇治川先陣、佐々木の囁《ささや》きに徴してもその間の事情明々白々なり、いかにも汝は卑怯《ひきよう》未練の老婆なり、殊《こと》にもわが親愛なる学生諸君を不良とは何事、義憤制すべからず、いまこそ決然立つべき時なり、たとい一日たりとも我は既に武術の心得ある男子なり、呉下阿蒙《ごかのあもう》には非《あら》ざるなり、撃つべし、かれいかに質屋の猛犬を蹴殺したる大剛と雖も、南無八幡！　と念じて撃たば、まさに瓦鶏にも等しかるべし、やれ！　と咄嗟《とつさ》のうちに覚悟を極め申候て、待て！　と叫喚に及びたる次第に御座候。相手は、何かというけげんの間抜けづらにて、ちらと老生を見返り、ふんと笑って屋台の外に出るその背後に浴びせ更にまた一声、老婆待て！　と呼ばわり、老生も続いて屋台の外に躍り出申候。屋台の外は、落花紛々。老生の初陣《ういじん》を慶祝するが如き風情に有之候。老生はただちに身仕度を開始せり。まず上顎《じようがく》の入歯をはずし、道路の片隅に安置せり。この身仕度は少しく苦笑の仕草に似たれども、老生の上顎は御承知の如く総入歯にて、之を作るに二箇月の時日と三百円の大金を掛申候ものに御座候えば、ただいま松の木の怪腕と格闘して破損などの憂目《うきめ》を見てはたまらぬという冷静の思慮を以てまず入歯をはずし路傍に安置仕り候ものにて、さて、目前の大剛を見上げ、汝はこのごろ生意気なり、隣組は仲良くすべきものなり、人のあらばかり捜して嘲笑せんとの心掛は下品尾籠《びろう》の極度なり、よしよし今宵《こよい》は天に代りて汝を、などと申述べ候も、入歯をはずし申候ゆえ、発音いちじるしく明瞭《めいりょう》を欠き、われながらいやになり、今は之まで、と腕を伸ばして、老画伯の赤銅色に輝く左頰をパンパンパンと三つ殴り候えども、画伯はあっけにとられたる表情にて、口を少しくあけ、ぼんやりつっ立っているばかりに御座候。張合い無き事おびただしき果合《はたしあい》に有之候。相手は無言なれば、老生も無言のままに引下り、件《くだん》の入歯を路傍より拾い上げんとせしに、あわれ、天の悪戯《いたずら》にや、いましめにや。落花間断なく乱れ散り、いつしか路傍に白雪の如く吹き溜《たま》り候て、老生の入歯をも被《おお》い隠したりと見え、いずこもただ白皚々《はくがいがい》の有様に候えば老生いささか狼狽《ろうばい》仕り、たしかにこのあたりと思うあたりを手さぐりにて這《は》うが如くに捜し廻り申候。なんですか、とわが呆然《ぼうぜん》たる敵手は、この時、夢より醒《さ》めたる面持にて老生に問い、老生は這い廻りながら、いや、入歯ですがね、たしかに、この辺に、などと呟《つぶや》いて、その気まりの悪さ。古今東西を通じて、かかるみじめなる経験に逢《あ》いし武芸者は、おそらくは一人もあるまじと思えば、なおのこと悲しく相成候て、なにしろあれは三百円、などと低俗の老いの愚痴もつい出て、落花繽紛たる暗闇《くらやみ》の底をひとり這い廻る光景に接しては、わが敵手もさすがに惻隠《そくいん》の心を起し給いし様子に御座候。老生と共に四つ這いになり、たしかに、この辺なのですか、三百円とは、高いものですね、などと言いつつ桜の花びらの吹溜りのここかしこに手をつっこみ、素直にお捜し下さる次第と相成申候。ありがとうございます、という老生の声は、獣の呻き声にも似て憂愁やるかた無く、あの入歯を失わば、われはまた二箇月間、歯医者に通い、その間、一物も噛《か》む事かなわず、わずかにお粥《かゆ》をすすって生きのび、またわが面貌《めんぼう》も歯の無き時はいたく面変りてさらに二十年も老け込《ふ》み、笑顔の醜怪なる事無類なり、ああ、明日よりの我が人生は地獄の如し、と泣くにも泣けぬせつない気持になり申候いき。杉田老画伯は心利《き》きたる人なれば、やがて屋台店より一本の小さき箒《ほうき》を借り来り、尚《なお》も間断なく散り乱れ積る花びらを、この辺ですか、この辺ですか、と言いつつさっさっと左右に掃きわけ、突如、あ！　ありましたあ！　と歓喜の声を上げ申候。たったいま己の頬をパンパンパンと三つも殴った男の入歯が見つかったとて、邪念無くしんから喜んで下さる老画伯の心意気の程が、老生には何にもまして嬉《うれ》しく有難く、入歯なんかどうでもいいというような気持にさえ相成り、然れども入歯もまた見つかってわるい筈《はず》は無之、老生は二重にも三重にも嬉しく、杉田老画伯よりその入歯を受取り直ちに口中に含み申候いしが、入歯には桜の花びらおびただしく附着致し居る様子にて、噛みしめると幽《かす》かに渋い味が感ぜられ申候。杉田さん、どうか老生を殴って下さい、と笑いながら頰を差出申候ところ、老画伯もさるもの、よし来た、と言い掌に唾《つば》して、がんと老生の左の頰を撃ちのめし、意気揚々と引上げ行き申候。も少し加減してくれるかと思いのほか、かの松の木の怪腕の力の限りを発揮して殴りつけたるものの如く、老生の両眼より小さき星あまた飛散致し、一時、失神の思いに御座候。かれもまた、なかなかの馬鹿者《ばかもの》に候。以上は、わが武勇伝のあらましの御報に御座候えども、今日つらつら考えるに、武術は同胞に対して実行すべきものに非ず、弓箭《きゅうせん》は遠く海のあなたに飛ばざるべからず、老生も更に心魂を練り直し、隣人を憎まず、さげすまず、白氏の所謂、残燈《ざんとう》滅して又明らかの希望を以て武術の妙訣《みょうけつ》を感得仕るよう不断精進の所存に御座候えば、卿等わかき後輩も、老生のこのたびの浅慮の覆轍《ふくてつ》をいささか後輪の戒となし給い、いよいよ身心の練磨に努めて決して負け給うな。祈念。

（雑誌未発表）

不《ふ》審《しん》庵《あん》

拝啓。暑中の御見舞いを兼ね、いささか老生日頃の愚衷など可申述候《もうしのぶべくそうろう》。老生すこしく思うところ有之《これあり》、近来ふたたび茶道の稽古《けいこ》にふけり居《お》り候。ふたたび、とは、唐突にしていかにも虚飾の言の如《ごと》く思召《おぼしめ》し、れいの御賢明の苦笑など漏し給《たま》わんと察せられ候も、何をか隠し申すべき、われ幼少の頃より茶道を好み、実父孫左衛門殿より手ほどきを受け、この道を伝授せらるる事数年に及び申候えども、悲しい哉《かな》、わが性鈍にしてその真趣を究《きわむ》る能《あた》わず、しかのみならず、わが一挙手一投足はなはだ粗野にして見苦しく、われも実父も共に呆《あき》れ、孫左衛門殿逝去《せいきょ》の後は、われその道を好むと雖《いえど》も指南を乞《こ》うべき方便を知らず、なおまた身辺に世俗の雑用ようやく繁《しげ》く、心ならずも次第にこの道より遠ざかり、父祖伝来の茶道具をも、ぽつりぽつりと売払い、いまは全く茶道と絶縁の浅ましき境涯と相成申候ところ、近来すこしく深き所感も有之候まま、まことに数十年振りにて、ひそかに茶道の独習を試み、いささかこの道の妙訣《みようけつ》を感得 仕《つかまつ》り申候ものの如き実情に御座候。

それ覆載の間、朝野の別を問わず、人皆、各自の天職に心力を労すればまたその労を慰むるの娯楽なかるべからざるは、いかにも本然の理と被存《ぞんぜられ》候。而《しこう》して人間の娯楽にはすこしく風流の趣向、または高尚の工夫なくんば、かの下等動物などの、もの食いて喉《のど》を鳴らすの図とさも似たる浅ましき風情《ふぜい》と相成果申すべく、すなわち各人その好む所に従い、或《ある》いは詩歌管絃、或いは囲碁挿花《そうか》、謡曲舞踏などさまざまの趣向をこらすは、これ万物の霊長たる所以《ゆえん》と愚案じ申次第に御座候。然《しか》りと雖も相互に於《お》ける身分の貴賤《きせん》、貧富の隔壁を超越仕り真に朋友《ほうゆう》としての交誼《こうぎ》を親密ならしめ、しかも起居の礼を失わず談話の節を紊《みだ》さず、質素を旨《むね》とし驕奢《きようしや》を排し、飲食もまた度に適して主客共に清雅の和楽を尽すものは、じつに茶道に如《し》くはなかるべしと被存候。往昔《おうせき》、兵馬倥偬《こうそう》武門勇を競い、風流まったく廃せられし時と雖も、ひとり茶道のみは残りて存し、よく英雄の心をやわらげ、昨日は仇讐《きゆうしゆう》相視《あいみ》るの間も茶道の徳に依《よ》りて今日は兄弟相親むの交りを致せしもの少しとせずとやら聞及申候。まことに茶道は最も遜譲《そんじよう》の徳を貴び、かつは豪奢《ごうしや》の風を制するを以《もつ》て、いやしくもこの道を解すれば、おのれを慎んで人に驕《おご》らず永く朋友の交誼を保たしめ、また酒色に耽《ふけ》りて一身を誤り一家を破るの憂《うれ》いも無く、このゆえに月卿雲客《げつけいうんかく》または武将の志高き者は挙《こぞ》ってこの道を学びし形跡は、ものの本に於いていちじるしく明白に御座候。

　そもそも茶道は、遠く鎌倉《かまくら》幕府のはじめに当り五山の僧支那《しな》より伝来せしめたりとは定説に近く、また足利《あしかが》氏の初世、京都に於いて佐々木道誉等、大小の侯伯を集めて茶の会を開きし事は伝記にも見えたる所なれども、これらは奇物名品をつらね、珍味佳肴《かこう》を供し、華美相競うていたずらに奢侈《しゃし》の風を誇りしに過ぎざるていたらくなれば、未《いま》だ以て真誠の茶道を解するものとは称し難く、降《くだ》って義政《よしまさ》公の時代に及び、珠光なるもの出《い》でて初めて台子真行《だいすしんぎょう》の法を講じ、之《これ》を紹鷗《しょうおう》に伝え、紹鷗また之を利休居士《こじ》に伝授申候事、ものの本に相見え申候。まことにこの利休居士、豊太閤《ほうたいこう》に仕えてはじめて草畧の茶を開き、この時よりして茶道大いに本朝に行われ、名門豪戸競うて之を玩《がん》味《み》し給うとは雖も、その趣旨たるや、みだりに重宝珍器を羅列して豪奢を誇るの顰《ひん》に倣《なら》わず、閑雅の草庵《そうあん》に席を設けて巧みに新古精粗の器物を交置し、淳朴《じゅんぼく》を旨とし清潔を貴び能《よ》く礼譲の道を修め、主客応酬の式頗《すこぶ》る簡易にしてしかもなお雅致を存し、富貴も驕奢に流れず貧賤《ひんせん》も鄙陋《ひろう》に陥らず、おのおの其分《その》に応じて楽しみを尽すを以て極意となすが如きものなれば、この聖戦下に於いても最適の趣味ならんかと思量致し、近来いささかこの道に就きて修練仕り申候ところ、卒然としてその奥義《おうぎ》を察知するにいたり、このよろこびをわれ一人の胸底に秘するも益なく惜しき事に御座候えば、明後日午後二時を期して老生日頃昵懇《じっこん》の若き朋友二、三人を招待仕り、ささやかなる茶会を開催致したく、貴殿も万障繰合せ御出席然《しか》るべく無理にもおすすめ申上候。流水濁らず、奔湍《ほんたん》腐らず、御心境日々に新たなる事こそ、貴殿の如き芸術家志望の者には望ましく被存候。茶会御出席に依り御心魂の新粧をも期し得べく、決してむだの事には無之《これなく》、まずは欣然《きんぜん》御応諾当然と心得申者に御座候。頓首《とんしゅ》。

ことしの夏、私は、このようなお手紙を、れいの黄村先生から、いただいたのである。黄村先生とは、どんな御人物であるか、それに就いては、以前もしばしば御紹介申し上げた筈《はず》であるから、いまは繰り返して言わないけれども、私たち後輩に対して常に卓抜の教訓を垂れ給い、ときたま失敗する事があるとはいうものの、とにかく悲痛な理想主義者のひとりであると言っても敢《あ》えて過称ではなかろうと思われる。その黄村先生から、私はお茶の招待を受けたのである。招待、とは言っても、ほとんど命令に近いくらいに強硬な誘引である。否《いや》も応もなく、私は出席せざるを得なくなったのである。

けれども、野暮な私には、お茶の席などそんな風流の場所に出た経験は生れてから未だいちども無い。黄村先生は、そのような不粋《ぶすい》な私をお茶に招待して、私のぶざまな一挙手一投足をここぞとばかり嘲笑《ちょうしょう》し、かつは叱咤《しった》し、かつは教訓する所存なのかも知れない。油断がならぬ。私は先生のお手紙を拝誦《はいしょう》して、すぐさま外出し、近所の或る優雅な友人の宅を訪れた。

「君のとこに、何かお茶の事を書いた本が無いかね。」私は時々この上品な友人から、その蔵書を貸してもらっているのである。

「こんどはお茶の本か。多分、あるだろうと思うけど、君もいろんなものを読むんだね。お茶とは、また。」友人はいぶかしげの顔をした。

「茶道読本」とか「茶の湯客の心得」とか、そんな本を四冊も借りて私は家へ帰り、片端から読破した。茶道と日本精神、侘《わび》の心境、茶道の起原、発達の歴史、珠光、紹鷗、利休の茶道。なかなか茶道も、たいへんなものだ。茶室、茶庭、茶器、掛物、懐石の料理献立、読むにしたがって私にも興が湧《わ》いて来た。茶会というものは、ただ神妙にお茶を一服御馳走《ごちそう》になるだけのものかと思っていたら、そうではない。さまざまの結構な料理が出る。酒も出る。まさかこの聖戦下に、こんな贅沢《ぜいたく》は出来るわけがないし、また失礼ながらあまり裕福とは見受けられない黄村先生のお茶会には、こんな饗応《きょうおう》の一つも期待出来ず、まあせいぜい一ぱいの薄茶にありつけるくらいのところであろうとは思いながらも、このような、おいしそうな献立は、ただ読むだけでも充分に楽しいものである。さて、最後は、お茶客の心得である。これが、いまの私にとって、最も大切な項目である。お茶の席に於いて大いなるへまを演じ、先生に叱咤せられたりなどする事のないように、細心に独習研鑽《けんさん》して置かなければならぬ。

まず招待を受けた時には、すぐさま招待の御礼を言上しなければならぬ。これは、会主のお宅へ参上してお礼を申し上げるのが本式なのであるが、手紙でも差しつかえ無い。ただ、その御礼の手紙には、必ず当日は出席する、と、その必ずという文字を忘れてはいけないのである。その必ずという文字は、利休の「客之《の》次第」の秘伝にさえなっているのである。私は先生に、速達郵便でもって御礼状を発した。必ずという文字を、ひどく大きく書いてしまったが、そんなに大きく書く必要は無かったのである。いよいよ茶会の当日には、まず会主のお宅の玄関に於いて客たちが勢揃《せいぞろ》いして席順などを定めるのであるが、つねに静粛を旨とし、大声で雑談をはじめたり、または傍若無人の馬鹿《ばか》笑いなどするのは、もっての他の事なのである。それから主人の迎附けがあって、その案内に従い茶席におそるおそる躙《にじ》り入るのであるが、入席したらまず第一に、釜《かま》の前に至り炉ならびに釜をつくづくと拝見して歎息《たんそく》をもらし、それから床の間の前に膝行《しっこう》して、床の掛軸を見上げ見下《みおろ》し、さらに大きく溜息《ためいき》をついて、さても見事、とわざとらしくないように小声で言うのである。ふりかえって主人に掛軸の因縁などを、にやにや笑ったりせず、仔細《しさい》らしい顔をして尋ねると、主人はさらに大いに喜ぶのである。因縁を尋ねるとは言っても、あまり突込んだ質問は避けるべきである。どこから買ったか、値段はいくら、にせものじゃないか、借りて来たのだろうなどと、いやに疑い深くしつっこく尋ねるときらわれるのである。炉と釜と床の間をほめる事。これは最も大切である。これを忘れた者は茶客の資格が無いものと見なされて馬鹿を見る事になるのである。夏は炉のかわりに風炉《ふろ》を備えて置く事になっているが、風炉といっても、据風呂ではない。さすがに入浴の設備まではしていない。まあ、七輪の上品なものと思って居れば間違いはなかろう。風炉と釜と床の間、これに対して歎息を発し、次は炭手前の拝見である。主人が炉に炭をつぐのを、いざり寄って拝見して、またも深い溜息をもらす。さすがは、と言って膝《ひざ》を打って感嘆する人も昔はあったが、それはあまり大袈裟《おおげさ》すぎるので、いまは、はやらない。溜息だけでよいのである。それから、香合をほめる事などもあって、いよいよ懐石料理と酒が出るのであるが、黄村先生は多分この辺は省略して、すぐに薄茶という事になるのではあるまいか。聖戦下、贅沢なことを望んではならぬ。先生に於いても、必ずやこの際、極端に質素な茶会を催し、以て私たち後輩にきびしい教訓を垂れて下さるおつもりに違いない。私は懐石料理の作法に就いての勉強はいい加減にして、薄茶のいただき方だけを念いりに独習して置いた。そうして私のそのような予想は果して当っていたのであったが、それにしても、あまりに質素な茶会だったので、どうにも、ひどい騒ぎになってしまった。

茶会の当日、私は、たった一足しかない取って置きの新しい紺足袋をはいて家を出た。服装まずしくとも足袋は必ず新しきを穿《うが》つべし、と茶の湯客の心得に書かれてある。省線の阿佐ケ谷《あさや》駅で降りて、南側の改札口を出た時、私は私の名を呼ばれた。二人の大学生が立っている。いずれも黄村先生のお弟子の文科大学生であって、私とは既に顔馴染《なじみ》のひとたちである。

「やあ、君たちも。」

「ええ、」若いほうの瀬尾君は、口をゆがめて首肯《うなず》いた。ひどくしょげ返っている様子であった。「困ってしまいました。」

「また油をしぼられるんじゃねえかな、」ことし大学を卒業してすぐに海軍へ志願する筈になっている松野君も、さすがに腐り切っているようであった。「茶の湯だなんて、とんでもない事をはじめるので、全くかなわねえや。」

「いや、大丈夫だ。」私は、このふさぎ込んでいる大学生たちに勇気を与えたかった。「大丈夫だ。僕はいささか研鑽して来たからね、きょうは何でも僕のするとおりに振舞っておれば間違いない。」

「そうでしょうか。」瀬尾君は少し元気を恢復《かいふく》した様子で、「実は僕たちも、あなた一人をあてにして、さっきからここでお待ちしていたのです。きっとあなたも招待されていると思いましたから。」

「いや、そんなにあてにされると僕も少し困るのだが。」

私たち三人は、力無く笑った。

先生は、いつも、離れのほうにいらっしゃる。離れは、庭に面した六畳間とそれに続く三畳間と、二間あって、その二間を先生がもっぱら独占して居られる。御家族の方たちは、みんな母屋《おもや》のほうにいらっしゃって、私たちのために時たま、番茶や、かぼちゃの煮たのなどを持ち運んで来られる他は、めったに顔をお出しなさらぬ。

黄村先生は、その日、庭に面した六畳間にふんどし一つのお姿で寝ころび、本を読んで居られた。おそるおそる縁先に歩み寄る私たち三人を見つけて、むっくり起き上り、

「やあ、来たか。暑いじゃないか。あがり給え。着ているものを脱いで、はだかになると涼しいよ。」茶会も何もお忘れになっているようにさえ見えた。

けれども私たちは油断をしない。先生の御胸中にどのような計略があるのかわかったものでない。私たちは縁先に立ち並び、無言でうやうやしくお辞儀をした。先生は一瞬けげんな顔をなさったようだが、私たちはそれにはかまわず、順々に縁側に躙り上り、さて私は部屋を見廻したが、風炉も釜も無い。ふだんのままのお部屋である。私は少し狼狽《ろうばい》した。頸《くび》を伸ばして隣りの三畳間を覗《のぞ》くと、三畳間の隅に、こわれかか

った七輪が置かれてあって、その上に汚く煤《すす》けたアルミニュームの薬罐《やかん》がかけられている。これだと思った。そろそろと膝行して三畳間に進み、学生たちもおくれては一大事というような緊張の面持でぴったり私に附き添って膝行する。私たちは七輪の前に列座して畳に両手をつき、つくづくとその七輪と薬罐を眺めた。期せずして三人同時に、おのずから溜息が出た。

「そんなものは、見なくたっていい。」先生は不機嫌そうな口調でおっしゃった。けれども先生には、どのような深い魂胆があるのか、わかったものでない。油断がならぬ。

「この釜は、」と私はその由緒《ゆいしょ》をお尋ねしようとしたが、なんと言っていいのか見当もつかない。「ずいぶん使い古したものでしょう。」まずい事を言った。

「つまらん事を言うなよ。」先生はいよいよ不機嫌である。

「でも、ずいぶん時代が、――」

「くだらんお世辞はやめ給《たま》え。それは駅前の金物屋から四、五年前に二円で買って来たものだ。そんなものを褒める奴《やつ》があるか。」

どうも勝手が違う。けれども私は、あくまでも「茶道読本」で教えられた正しい作法を守ろうと思った。

釜の拝見の次には床の間の拝見である。私たちは六畳間の床の間の前に集って掛軸を眺めた。相変らずの佐藤一斎先生の書である。黄村先生には、この掛軸一本しか無いようである。私は掛軸の文句を低く音読した。

寒暑栄枯天地之呼吸也《なり》。苦楽寵辱《ちょうじょく》人生之呼吸也。達者ニ在ッテハ何ゾ必ズシモ其遽《にわ》カニ至ルヲ驚カン哉《や》。

これは先日、先生から読み方を教えられたばかりなので、私には何の苦も無く読めるのである。

「流石《さすが》にいい句ですね。」私はまた下手なお追従《ついしょう》を言った。「筆蹟《ひっせき》にも気品がありま す。」

「何を言っているんだ。君はこないだ、贋物《にせもの》じゃないかなんて言って、けちを附けてたじゃないか。」

「そうでしたかね。」私は赤面した。

「お茶を飲みに来たんだろう?」

「そうです。」

私たちは部屋の隅にしりぞいて、かしこまった。

「それじゃ、はじめよう。」先生は立ち上って隣りの三畳間へ行き、襖《ふすま》をぴたりとしめてしまった。

「これからどうなるんです。」瀬尾君は小声で私に尋ねた。

「僕にも、よくわからないんですがね、」何しろ、まるで勝手が違ってしまったので私は不安でならなかった。「普通の茶会だったら、これから炭手前の拝見とか、香合一覧の事などがあって、それから、御馳走が出て、酒が出て、それから、――」

「酒も出るのですか。」松野君は、うれしそうな顔をした。

「いや、それは時節柄、省略するだろうと思うけど、いまに薄茶が出るでしょう。まあ、これから一つ、先生の薄茶のお手前を拝見するという事になるんじゃないでしょうか。」私にもあまり自信が無い。

じゃぼじゃぼという奇怪な音が隣室から聞えた。茶筌《ちゃせん》でお茶を掻《か》き廻しているような音でもあるが、どうも、それにしてはひどく乱暴な騒々しい音である。私は聞き耳を立て、

「おや、もうお手前がはじまったのかしら。お手前は必ず拝見しなければならぬ事になっているのだけど。」

気が気でなかった。襖はぴったりしめ切られている。先生は一体、どんな事をやらかして居られるのか、じゃぼじゃぼという音ばかり、絶えまなくかまびすしく聞えて

来て、時たま、ううむという先生の呻《うめ》き声さえまじる有様になって来たので、私たちは不安のあまり立ち上った。

「先生！」と私は襖をへだて呼びかけた。「お手前を拝見したいのですが。」

「あ、あけちゃいけねえ。」という先生のひどく狼狽したような嗄《しゃが》れた御返辞が聞えた。

「なぜですか。」

「いま、そっちへお茶を持って行く。」そうしてまた一段と声を大きくして、「襖をあけちゃ、駄目だぞ！」

「でも、なんだか唸《うな》っていらっしゃるじゃありませんか。」私は襖をあけて隣室の模様を見とどけたかった。襖をそっとあけようとしたけれども、陰で先生がしっかり抑えているらしく、ちっとも襖は動かなかった。

「あきませんか。」海軍志願の松野君が進み出て、「僕がやってみましょう。」

松野君は、うむと力んで襖を引いた。中の先生も必死のようである。ちょっとあきかけても、またぴしゃりとしまる。四、五度もみ合っているうちに、がたりと襖がはずれて私たち三人は襖と一緒にどっと三畳間に雪崩《なだ》れ込んだ。先生は倒れる襖を避けて、さっと壁際《かべぎわ》に退いてその拍子に七輪を蹴飛《けと》ばした。薬罐は顚倒《てんとう》して濛々《もうもう》たる湯気

が部屋に立ちこもり、先生は、

「あちちちち。」と叫んではだか踊りを演じている。それとばかりに私たちは、七輪からこぼれた火の始末をして、どうしたのです、先生、お怪我《けが》は、などと口々に尋ねた。先生は、六畳間のまん中に、ふんどし一つで大あぐらをかき、ふうふう言って、

「これは、どうにもひどい茶会であった。いったい君たちは乱暴すぎる。無礼だ。」

とさんざんの不機嫌である。

　私たちは三畳間を、片づけてから、おそるおそる先生の前に居並び、そろっておわびを申し上げた。

「でも、唸っていらっしゃったものですから心配になって。」と私がちょっと弁解しかけたら、先生は口をとがらせて、

「うむ、どうも私の茶道も未だいたっておらんらしい。いくら茶筌でかきまわしても、うまい具合いに泡《あわ》が立たないのだ。五回も六回も、やり直したが、一つとして成功しなかった。」

　先生は、力のかぎりめちゃくちゃに茶筌で搔きまわしたものらしく、三畳間は薄茶の飛沫《ひまつ》だらけで、そうして、しくじってはそれを洗面器にぶちまけていたものらしく、三畳間のまん中に洗面器が置かれてあって、それには緑の薄茶が一ぱいたまっていた。

なるほど、このていたらくでは襖をとざして人目を避けなければならぬ筈《はず》であると、はじめて先生の苦衷のほどを察した。けれどもこんな心細い腕前で「主客共に清雅の和楽を尽さん」と計るのも極めて無鉄砲な話であると思った。所謂《いわゆる》理想主義者は、その実行に当ってとかく不器用なもののようであるが、黄村先生のように何事も志と違って、具合いが悪く、へまな失敗ばかり演ずるお方も少い。案ずるに先生はこのたびの茶会に於《お》いて、かの千利休の遺訓と称せられる「茶の湯とはただ湯をわかし茶をたてて、飲むばかりなるものと知るべし」という歌の心を実際に顕現して見せようと計ったのであろう。ふんどし一つのお姿も、利休七ケ条の中の、

一、夏は涼しく、

一、冬はあたたかに、

などというところから暗示を得て、殊更《ことさら》に涼しい形を装《よそお》って見せたものかも知れないが、さまざまの手違いから、たいへんな茶会になってしまって、お気の毒な事であった。

茶の湯も何も要らぬ事にて、のどの渇き申 候《そうろう》節は、すなわち台所に走り、水甕《みずがめ》の水を柄杓《ひしゃく》もてごくごくと牛飲 仕《つかまつ》るが一ばんにて、これ利休の茶道の奥義《おうぎ》と得心に及び申候。

というお手紙を、私はそれから数日後、黄村先生からいただいた。

（「文芸世紀」昭和十八年十月号）

津軽通信

庭

東京の家は爆弾でこわされ、甲府市の妻の実家に移転したが、この家が、こんどは焼夷弾《しょういだん》でまるやけになったので、私と妻と五歳の女児と二歳の男児と四人が、津軽の私の生れた家に行かざるを得なくなった。津軽の生家では父も母も既になくなり、私より十以上も年上の長兄が家を守っている。そんなに、二度も罹災《りさい》する前に、もっと早く故郷へ行っておればよかったのにと仰言《おつしや》るお方もあるかも知れないが、私は、どうも、二十代に於《お》いて肉親たちのつらよごしの行為をさまざまして来たので、いまさら図々《ずうずう》しく長兄の厄介になりに行けない状態であったのである。しかし、二度も罹災して二人の幼児をかかえ、もうどこにも行くところが無くなったので、まあ、当ってくだけろという気持で、ヨロシクタノムという電報を発し、七月の末に甲府を立った。そうして途中かなりの難儀をして、たっぷり四昼夜かかって、やっと津軽の生家に着いた。生家では皆、笑顔を以《もつ》て迎えてくれた。私のお膳《ぜん》には、お酒もついた。

しかし、この本州の北端の町にも、艦載機が飛んで来て、さかんに爆弾を落して行く。私は生家に着いた翌《あく》る日から、野原に避難小屋を作る手伝いなどした。

そうして、ほどなくあの、ラジオの御放送である。

長兄はその翌る日から、庭の草むしりをはじめた。私も手伝った。

「わかい頃には、」と兄は草をむしりながら、「庭に草のぼうぼうと生えているのも趣きがあるとも思ったものだが、としをとって来ると、一本の草でも気になっていけない。」

それでは私なども、まだこれでも、若いのであろうか。草ぼうぼうの廃園は、きらいでない。

「しかし、これくらいの庭でも、」と兄は、ひとりごとのように低く言いつづける。「いつも綺麗《きれい》にして置こうと思えば、庭師を一日もかかさず入れていなければならない。それにまた、庭木の雪がこいが、たいへんだ。」

「やっかいなものですね。」と居候《いそうろう》の弟は、おっかなびっくり合槌《あいづち》を打つ。

兄は真面目《まじめ》に、

「昔は出来たのだが、いまは人手も無いし、何せ爆弾騒ぎで、庭師どころじゃなかった。この庭もこれで、出鱈目《でたらめ》の庭ではないのだ。」

「そうでしょうね。」弟には、庭の趣味があまりない。何せ草ぼうぼうの廃園なんかを、美しいと思って眺める野蛮人だ。

兄はそれからこの庭の何流に属しているのか、その流儀はどこから起って、そうしてどこに伝って、それからどうして津軽の国にはいって来たかを説明して聞かせ、自然に話は利休の事に移って行った。

「どうして、お前たちは、利休の事を書かないのだろう。いい小説が出来ると思うのだが。」

「はあ。」と私は、あいまいの返辞をする。居候の弟も、話が小説の事になると、いくらか専門家の気むずかしさを見せる。

「あれは、なかなかの人物だよ。」と兄は、かまわず話をつづける。「さすがの太閤《たいこう》も、いつも一本やられているのだ。柚子味噌《ゆずみそ》の話くらいは知っているだろう。」

「はあ。」と弟は、いよいよあいまいな返辞をする。

「不勉強の先生だからな。」と兄は、私が何も知らないと見きわめをつけてしまったらしく、顔をしかめてそういった。顔をしかめた時の兄の顔は、ぎょっとするほどこわい。兄は、私をひどく不勉強の、ちっとも本を読まない男だと思っているらしく、そうして、それが兄にとって何よりも不満な点のようであった。

これは、しくじったと居候はまごつき、

「しかし、私は、どうも利休をあまり、好きでないんです。」と笑いながら言う。

「複雑な男だからな。」

「そうです。わからないところがあるんです。太閤を軽蔑《けいべつ》していろようでいながら、思い切って太閤から離れる事も出来なかったというところに、何か、濁りがあるように思われるのです。」

「そりゃ、太閤に魅力があったからさ。」といつのまにやら機嫌を直して、「人間として、どっちが上か、それはわからない。両方が必死に闘ったのだ。何から何まで対蹠《たいしょ》的な存在だからな。一方は下賤《げせん》から身を起して、人品あがらず、それこそ猿面の痩《や》せた小男で、学問も何も無くて、そのくせ豪放絢爛《けんらん》たる建築美術を興《おこ》して桃山時代の栄華を現出させた人だが、一方はかなり裕福の家から出て、かっぷくも堂々たる美丈夫で、学問も充分、そのひとが草の庵《いおり》のわびの世界で対抗したのだから面白いのだよ。」

「でも、やっぱり利休は秀吉《ひでよし》の家来でしょう？　まあ、茶坊主《ぼうず》でしょう？　勝負はもう、ついているじゃありませんか。」私は、やはり笑いながら言う。

けれども兄は少しも笑わず、

「太閤と利休の関係は、そんなものじゃないよ。利休は、ほとんど諸侯をしのぐ実力を持っていたし、また、当時のままあインテリ大名とでもいうべきものは、無学の太閤より風雅の利休を慕っていたのだ。だから太閤も、やきもきせざるを得なかったのだ。」

男ってへんなものだ、と私は黙って草をむしりながら考える。大政治家の秀吉が、風流の点で利休に負けたって、笑ってすませないものかしら。男というものは、そんなに、何もかも勝ちつくさなければ気がすまぬものかしら。また利休だって、自分の奉公している主人に対して、何もそう一本まいらせなくともいいじゃないか。どうせ太閤などには、風流の虚無などわかりっこないのだから、飄然《ひょうぜん》と立ち去って芭蕉《ばしょう》などのように旅の生活でもしたら、どんなものだろう。それを、太閤から離れるでもなく、またその権力をまんざらきらいでもないらしく、いつも太閤の身辺にいて、そうして、一本まいらせたり、まいったり、両方必死に闘っている図は、どうも私には不透明なもののように感ぜられる。太閤が、そんなに魅力のある人物だったら、いっそ利休が、太閤と生死を共にするくらいの初心《うぶ》な愛情の表現でも見せてくれたらよさそうなものだとも思われる。

「人を感激させてくれるような美しい場面がありませんね。」私はまだ若いせいか、そんな場面の無い小説を書くのは、どうも、おっくうなのである。

兄は笑った。相変らずあまい、とでも思ったようである。

「それは無い。お前には、書けそうも無いな。おとなの世界を、もっと研究しなさい。なにせ、不勉強な先生だから。」

兄は、あきらめたように立ち上り、庭を眺める。私も立って庭を眺める。

「綺麗になりましたね。」

「ああ。」

私は利休は、ごめんだ。兄の居候になっていながら、兄を一本まいらせようなんて事はしたくない。張り合うなんて、恥ずべき事だ。居候でなくったって、私はいままで兄と競争しようと思った事はいちども無い。勝負はもう、生れた時から、ついているのだ。

兄は、このごろ、ひどく瘦せた。病気なのである。それでも、代議士に出るとか、民選の知事になるとかの噂《うわさ》がもっぱらである。家の者たちは、兄のからだを心配している。

いろいろの客が来る。兄はいちいちその人たちを二階の応接間にあげて話して、疲れたとは言わない。きのうは、新内の女師匠が来た。富士太夫《だゆう》の第一の門弟だという。二階の金襖《きんぶすま》の部屋で、その師匠が兄に新内を語って聞かせた。私もお附合いに、聞かせてもらう事になった。明烏《あけがらす》と累《かさね》身売りの段を語った。私は聞いていて、膝《ひざ》がしびれてかなりの苦痛を味い、かぜをひいたような気持になったが、病身の兄は、一向に平気で、さらに所望し、後正夢《のちのまさゆめ》と蘭蝶《らんちょう》を語ってもらい、それがすんでから、皆は応接間のほうに席を移し、その時に兄は、

「こんな時代ですから、田舎に疎開《そかい》なさって畑を作らなければならぬというのも、お気の毒な身の上ですが、しかし、芸事というものは、心掛けさえしっかりして居れば、一年や二年、さみせんと離れていても、決して芸が下るものではありません。あなたも、これからです。これからだと思います。」

と、東京でも有名なその女師匠に、全くの素人《しろうと》でいながら、悪びれもせず堂々と言ってのけている。

「大きい！」と大向うから声がかかりそうな有様であった。

兄がいま尊敬している文人は、日本では荷風と潤一郎らしい。それから、支那《しな》のエッセイストたちの作品を愛読している。あすは、呉清源が、この家へ兄を訪ねてやって来るという。碁の話ではなく、いろいろ世相の事など、ゆっくり語り合う事になるらしい。

兄は、けさは早く起きて、庭の草むしりをはじめているようだ。野蛮人の弟は、きのうの新内で、かぜをひいたらしく、離れの奥の間で火鉢をかかえて坐《すわ》って、兄の草

むしりの手伝いをしようかどうしようかと思い迷っている形である。呉清源という人も、案外、草ぼうぼうの廃園も悪くないと感じる組であるまいか、など自分に都合のいいような勝手な想像をめぐらしながら。

(「新小説」昭和二十一年一月号)

やんぬる哉《かな》

こちら（津軽）へ来てから、昔の、小学校時代の友人が、ちょいちょい訪ねて来てくれる。私は小学校時代には、同級生たちの間でいささか勢威を逞《たくま》しゅうしていたところがあったようで、「何せ昔の親分だから」なんて、笑いながら言う町会議員などもある。同級生たちはもうみんな分別くさい顔の親父《おやじ》になって、町会議員やらお百姓さんやら校長先生やらになりすまし、どうやら一財産こしらえた者みたいに落ちつき払っている。しかし、だんだん話合ってみると、私の同級生は、たいてい大酒飲みで、おまけに女好きという事がわかり、互に呆《あき》れ、大笑いであった。

小学校時代の友人とは、共に酒を飲んでも楽しいが、中学校時代の友人とは逢《あ》って話しても妙に窮屈だ。相手が、いやに気取っている。私を警戒しているようにさえ見える。そんなら何も私なんかと逢ってくれなくてもよさそうなものだが、この町の知識人としての一応の仁義と心得ているのか、わざわざ私に会見を申込む。

ついせんだっても、この町の病院に勤めている一医師から電話が掛って来て、今晩粗飯を呈したいから遊びに来いとの事であった。この医師は、私と中学校の同級生であったと、かねがね私の親戚《しんせき》の者たちに言っているそうであるが、私にはその人と中学時代に遊んだ記憶はあまり無い。名前を聞いて、ぼんやりその人の顔を思い出す程度である。或いは、彼は、私より一級上であったのが、三学年か四学年の時にいちど落第をして、それで私と同級生になったのではなかったかしら、とも私は思っている。どうも、そうだったような気もする。とにかく、その人と私とは、馴染が薄かった。

　私はその人から晩ごはんのごちそうになるのはどうにも苦痛だったので、お昼ちょっと過ぎ、町はずれの彼の私宅にあやまりに行った。その日は日曜であったのだろう、彼は、ドテラ姿で家にいた。

「晩餐《ばんさん》会は中止にして下さい。どうも、考えてみると、この物資不足の時に、僕なんかにごちそうするなんて、むだですよ。つまらないじゃありませんか。」

「残念です。あいにく只今《ただいま》、細君も外出して、なに、すぐに帰る筈《はず》ですがね、困りました。お電話を差し上げて、かえって失礼したようなものですね。」

　私は往来に面した二階のヴェランダに通された。その日は、お天気がよかった。この地方に於《お》いて、それがもう最後の秋晴れであった。あとはもう、陰鬱《いんうつ》な曇天つづきで木枯しの風ばかり吹きすさぶ。

「実はね、」と医師はへんな微笑を浮べ、「配給のリンゴ酒が二本ありましてね、僕は飲まないのですが、君に一つ召上っていただいて、ゆっくり東京の空襲の話でも聞きたいと考えていたのです。」

おおかた、そんなところだろうと思っていた。だから、こうして断りに来たのだ。リンゴ酒二本でそんなに「ゆっくり」つまらぬ社交のお世辞を話したり聞いたりして、窮屈きわまる思いをさせられてはかなわない。

「せっかくのリンゴ酒を、もったいない。」と私は言った。

「いいえ、そんな事はありません。どうせ僕は飲まないんですから。どうです、いま召し上りませんか。一本、栓を抜きましょう。」

まるで、シャンパンでも抜くような騒ぎで、私の制止も聞かず階下に降りて行き、すぐその一本、栓を抜いたやつをお盆に載せて持って来た。

「細君がいないので、せっかくおいで下さっても、何のおもてなしも出来ず、ほんの有り合せのものですが、でも、これはちょっと珍らしいものでしてね、おわかりですか、ナマズの蒲焼《かばやき》です。細君の創意工夫の独特の味が付いています。ナマズだって、こうなると馬鹿《ばか》に出来ませんよ。まあ、一口めし上ってごらんなさい。鰻《うなぎ》と少しも変りませんから。」

お盆には、その蒲焼と、それから小さいお猪口《ちょこ》が載っていた。私はリンゴ酒はたいてい大きいコップで飲む事にしていて、こんな小さいお猪口で飲むのは、はじめての経験であったが、ビール瓶《びん》のリンゴ酒をいちいち小さいお猪口にお酌されて飲むのは、甚《はなは》だ具合いの悪い感じのものである。のみならず、いささかも酔わないものである。私はすすめられて、ここの奥さんの創意工夫に依《よ》るものだというナマズの蒲焼にも箸《はし》をつけた。

「いかがです。細君の発明ですよ。物資不足を補って余りあり、と僕はいつもほめてやっているのだが、じっさい、鰻とちっとも変りが無いのですからね。」

私はそれを嚥下《えんか》して首肯し、この医師は以前どんな鰻を食べたのだろうといぶかった。

「台所の科学ですよ。料理も一種の科学ですからね。こんな物資不足の折には、細君の発明力は、国家の運命を左右すると、いや冗談でなく、僕は信じているのです。そうそう、君の小説にもそんなのがあったね。僕はいまの人の小説はあまり読まない事にしているので、君の小説もたった一つしか拝見した事はないのだが、何でも、新型の飛行機を発明してそれに載って田圃《たんぼ》に落ちたとかいう発明の苦心談、あれは面白かった。」

私はやはり黙って首肯した。しかし、そんな小説を書いた覚えは、私にはさらに無かった。

「とにかく、日本もこれから、新しい発明をしなければ駄目ですよ。男も女も、力を合せて、新しい発明を心掛けるべき時だと思っています。じっさい、うちの細君などは、まあ僕の口から言うのはおかしいですけれど、その点は、感心なものです。何かと新しい創意工夫をするのです。おかげで僕なんかは、こんな時代でも衣食住に於いて何の不自由も感じないで暮して来ましたからね。物が足りない物が足りないと言って、闇《やみ》の買いあさりに狂奔している人たちは、要するに、工夫が足りないのです。研究心が無いのです。このお隣りの畳屋にも東京から疎開《そかい》して来ている家族がおりますけれども、そこの細君がこないだうちへやって来て、うちの細君と論戦しているのを私は陰で聞いて、いや、面白かったですよ。疎開人にはまた疎開人としての言いぶんがあるらしいんですね。その細君の言うには、田舎のお百姓さんが純朴だとか何とか、とんでもない話だ、お百姓さんほど恐ろしいものは無い。純朴な田舎の人たちに都会の成金どもがやたらに札びらを切って見せて堕落させたなんて言うけれども、それは、あべこべでしょう。都会から疎開して来た人はたいてい焼け出されの組で、それはもう焼かれてみなければわからないもので、ずいぶんの損害を受けているのです。それがまあ多少のゆかりをたよって田舎へ逃げて来て、何も悪い事をして逃げて来たわけでもないのに肩身を狭くして、何事も忍び、少しずつでも再出発の準備をしようと思っているのに、田舎の人たちは薄情なものです。私たちだって、ただでものを食べさせていただこうとは思っていません、畑のお仕事でも何でも、うんと手伝わせてもらおうと思っているのに、そのお手伝いも迷惑、ただもう、ごくつぶし扱いにして相談にも何も乗ってくれないし、仕事がないからよけいも無い貯金をおろして、お手伝いも出来ぬひけめから、少し奮発してお礼に差出すと、それがまた気にいらないらしく、都会の成金どもが闇値段を吊《つ》り上げて田舎の平和を乱すなんておっしゃる。それでいてお金を絶対に取らないのかというと、どうしてどうして、どんなに差上げても多すぎるとは言わない。お金をずいぶん欲しがっているくせに、わざとぞんざいに扱ってみせて、こんなものは紙屑《かみくず》同然だとおっしゃる、罰《ばち》が当りますよ、どんなお札にだって菊の御紋が付いているんですよ、でもまあ、そうしてお金だけで事をすましてくれるお百姓さんはまだいいほうで、たいていは、お金とそれから品物を望みます。焼け出されのほとんど着のみ着のままの私たちに向って、お前さまのそのモンペでも、などと平気で言うお百姓さんもあるのですからね、ぞっとしますよ、そんなにまでして私たちからいろいろなものを取り上げながら、あいつらも今はお金のあるにまかせて、いい気になって札びらを切って寝食いをしているけれども、もうすぐお金も無くなるだろうし、そうなった時には一体どうする気だろう、あさはかなものだ、なんて私たちをいい笑い物にしているのです。私たちは以前あの人たちに何か悪い事でもしてきたのでしょうか、どうして私たちにこんなに意地悪をするのです。田舎の人が純朴だの何だの、冗談じゃありません、とこうまあいったような事をお隣りに疎開して来ている細君が、うちの細君に向ってまくし立てたのです。これに対して、うちの細君はこういう答弁を与えました。それは結局、あなた自身に創意と工夫が無いからだ、いまさら誰をうらむわけにはいかない、東京が空襲で焼かれるだろうという事は、ずいぶん前からわかっていたのだから、焼かれる前に何かしらうまい工夫があって然《しか》るべきであった。たとえば今から五年前に都会の生活に見切りをつけて、田舎に根をおろした生活をはじめていたら、あまりお困りの事は無かった筈だ。愚図々々と都会生活の安逸にひたっていたのが失敗の基である、その点やはりあなたがたにも罪はある、それにまた、罹災《りさい》した人たちはよく、焼け出されの丸はだかだの、着のみ着のままだのと言うけれども、あれはまことに聞きぐるしい。同情の押売りのようにさえ聞える。政府はただちに罹災者に対してお見舞いを差上げている筈だし、公債や保険やらをも簡単にお金にかえてあげているようだ。それに、全く文字どおりの着のみ着のままという罹災者は一人も無く、まずたいていは荷物の四個や五個はどこかに疎開させていて、当分の衣料その他に不自由は無いものの如《ごと》くに見受けられる。それだけのお金や品物が残っていたら、なに、あとはその人の創意工夫で、なんとかやって行けるものだ、田舎のお百姓さんたちにたよらず、立派に自力で更生の道を切りひらいて行くべきだと思う。とこうまあ謂《い》わば正論を以《もっ》て一矢《し》報いてやったのですね、そうすると、そのお隣りの細君が泣き出しましてね、私たちは何もいままで東京で遊んでいたわけじゃない、ひどい苦労をして来たんだ、とか何とか、まあ愚痴ですね、涙まじりにくどくど言って、うちの細君の創意工夫のアメリカソバをごちそうになって帰りましたが、どうも、あの疎開者というものは自分で自分をみじめにしていますね、おや、お帰りですか、まだよろしいじゃありませんか、リンゴ酒をさあどうぞ、まだだいぶ残っています、これ一本だけでもどうか召し上ってしまって下さい。僕はどうせ飲まないのですから、そうですか、どうしてもお帰りになりますか、ざんねんですね。うちの細君も、もう帰って来る頃ですから、ゆっくり、東京の空襲の話でも。」

私にはその時突然、東京の荻窪《おぎくぼ》あたりのヤキトリ屋台が、胸の焼き焦《こ》げるほど懐《なつか》しく思い出され、なんにも要らない、あんな屋台で一串《くし》二銭のヤキトリと一杯十銭のウイスケというものを前にして思うさま、世の俗物どもを大声で罵倒《ばとう》したいと渇望した。

しかし、それは出来ない。私は微笑して立ち上り、お礼とそれからお世辞を言った。「いい奥さんを持って仕合せです。」往来を、大きなカボチャを三つ荒縄でくくって脊負《せお》い、汗だくで歩いているおかみさんがある。私はそれを指さして、「たいていは、あんなひどいものなんですからね。創意も工夫もありゃしない。」医師は、妙な顔をして、ええ、と言った。はっと思うまもなく、その女は、医師の家の勝手口にはいった。やんぬる哉。それが、すなわち、細君御帰宅。

（「月刊読売」昭和二十一年三月号）

親という二字

親《おや》という二字と無筆の親は言い。この川柳は、あわれである。

「どこへ行って、何をするにしても、親という二字だけは忘れないでくれよ。」

「チャンや。親という字は一字だよ。」

「うんまあ、仮りに一字が三字であってもさ。」

この教訓は、駄目である。

しかし私は、いま、ここで柳多留《やなぎだる》の解説を試みようとしているのではない。実は、こないだ或《あ》る無筆の親に逢《あ》い、こんな川柳などを、ふっと思い出したというだけの事なのである。

罹災《りさい》したおかたには皆おぼえがある筈《はず》だが、罹災をすると、へんに郵便局へ行く用事が多くなるものである。私が二度も罹災して、とうとう津軽の兄の家へ逃げ込んで居候《いそうろう》という身分になったのであるが、簡易保険だの債券売却だのの用事でちょいちょい郵便局に出向き、また、ほどなく私は、仙台の新聞に「パンドラの匣《はこ》」という題の失恋小説を連載する事になって、その原稿発送やら、電報の打合せやらで、いっそう郵便局へ行く度数が頻繁《ひんぱん》になった。

れいの無筆の親と知合いになったのは、その郵便局のベンチに於《お》いてである。

郵便局は、いつもなかなか混《こ》んでいる。私はベンチに腰かけて、私の順番を待っている。

「ちょっと、旦那《だんな》、書いてくれや。」

おどおどして、そうして、どこかずるそうな、顔もからだもひどく小さい爺《じい》さんだ。大酒飲みに違いない、と私は同類の敏感で、ひとめ見て断じた。顔の皮膚が蒼《あお》く荒《すさ》んで、鼻が赤い。

私は無言で首肯《うなず》いてベンチから立ち上り、郵便局備附けの硯箱《すずりばこ》のほうへ行く。貯金通帳と、払戻し用紙（かれはそれを、うけ出しの紙と言っている）それから、ハンコと、三つを示され、そうして、「書いてくれや」と言われたら、あとは何も聞かずともわかる。

「いくら？」

「四拾円。」

私はその払戻し用紙に四拾円也としたため、それから通帳の番号、住所、氏名を書き記す。通帳には旧住所の青森市何町何番地というのに棒が引かれて、新住所の北津軽郡金木町何某《なにがし》方というのがその傍《そば》に書き込まれていた。青森市で焼かれてこちらへ移って来たひとかも知れないと安易に推量したが、果してそれは当っていた。そうして、氏名は、

竹内トキ

となっていた。女房の通帳かしら、くらいに思っていたが、しかし、それは違っていた。

かれは、それを窓口に差出し、また私と並んでベンチに腰かけて、しばらくすると、別の窓口から現金支払い係りの局員が、

「竹内トキさん。」

と呼ぶ。

「あい。」

と爺さんは平気で答えて、その窓口へ行く。

「竹内トキさん。四拾円。御本人ですか？」

と局員が尋ねる。

「そうでごいせん。娘です。あい。わしの末娘でごいす。」

「なるべくなら、御本人をよこして下さい。」

と言いながら、局員は爺さんにお金を手渡す。

かれは、お金を受取り、それから、へへん、というように両肩をちょっと上げ、いかにもずるそうに微笑《ほほえ》んで私のところへ来て、

「御本人は、あの世へ行ったでごいす。」

私は、それから、実にしばしばその爺さんと郵便局で顔を合せた。かれは私の顔を見ると、へんに笑って、

「旦那。」と呼び、そうして、「書いてくれや。」と言う。

「いくら？」

「四拾円。」

いつも、きまっていた。

そうして、その間に、ちょいちょいかれから話を聞いた。それに依《よ》ると、かれは、案にたがわず酒飲みであった。四拾円も、その日のうちにかれの酒代になるらしい。この辺にはまだ、闇《やみ》の酒があちこちにあるのである。

かれのあととりの息子は、戦地へ行ってまだ帰って来ない。長女は北津軽のこの町の桶《おけ》屋に嫁いでいる。焼かれる前は、かれは末娘とふたりで青森に住んでいた。しか

し、空襲で家は焼かれ、その二十六になる末娘は大やけどをして、医者の手当も受けたけれど、象さんが来た、象さんが来た、とうわごとを言って、息を引きとったという。

「象の夢でも見ていたのでごいしょうか。ばかな夢を見るもんでごいす。けえっ。」

と言って笑ったのかと思ったら、何、泣いているのだ。

象さんというのは、或いは、増産ではなかろうか。その竹内トキさんは、それまでずっともう永いことお役所に勤めていたのだそうだから、「増産が来た」というのが、何かお役所の特別な意味でも有る言葉で、それが口癖になっていたのではなかろうか、とも思われたが、しかし、その無筆の親の解釈にしたがって、象さんの夢を見ていたのだとするほうが、何十倍もあわれが深い。

私は興奮し、あらぬ事を口走った。

「まったくですよ。クソ真面目《まじめ》な色男気取りの議論が国をほろぼしたんです。気の弱いはにかみ屋ばかりだったら、こんな事にまでなりゃしなかったんだ。」

われながら愚かしい意見だとは思ったが、言っているうちに、眼が熱くなって来た。

「竹内トキさん。」

と局員が呼ぶ。

「あい。」

と答えて、爺さんはベンチから立ち上る。みんな飲んでしまいなさい、と私はよっぽどかれに言ってやろうかと思った。

しかし、それからまもなく、こんどは私が、えい、もう、みんな飲んでしまおうと思い立った。私の貯金通帳は、まさか娘の名儀のものではないが、しかし、その内容は、或いは竹内トキさんの通帳よりもはるかに貧弱であったかも知れない。金額の正確な報告などは興覚めな事だから言わないが、とにかくその金は、何か具合いの悪い事でも起って、急に兄の家から立ち退《の》かなければならなくなったりした時に、あまりみじめな思いなどせずにすむように、郵便局にあずけて置いたものであった。ところがその頃、或る人からウイスキイを十本ばかりゆずってもらえるあてがついて、そのお礼には私の貯金のほとんど全部が必要のようであった。私はちょっと考えただけで、えい、みんな酒にしてしまえ、と思った。あとはまたあとで、どうにかなるだろう。どうにかならなかったら、その時にはまた、どうにかなるだろう。

来年はもう三十八だというのに、未《いま》だに私には、このように全然駄目なところがある。しかし、一生、これ式で押し通したら、また一奇観ではあるまいか、など馬鹿《ばか》な事を考えながら郵便局に出かけた。

「旦那。」

れいの爺さんが来ている。

私が窓口へ行って払戻し用紙をもらおうとしたら、

「きょうは、うけ出しの紙は要らないんでごいす。入金でごいす。」

と言って拾円紙幣のかなりの束を見せ、

「娘の保険がさがりまして、やっぱり娘の名儀でこんにち入金のつもりでごいす。」

「それは結構でした。きょうは、僕のほうが、うけ出しなんです。」

甚《はなは》だ妙な成り行きであった。やがて二人の用事はすんだが、私が現金支払いの窓口で手渡された札束は、何の事は無い、たったいま爺さんの入金した札束そのものであったので、なんだかひどく爺さんにすまないような気がした。

そうしてそれを或る人に手渡す時にも、竹内トキさんの保険金でウイスキイを買うような、へんな錯覚を私は感じた。

数日後、ウイスキイは私の部屋の押入れに運び込まれ、私は女房に向って、

「このウイスキイにはね、二十六歳の処女のいのちが溶け込んでいるんだよ。これを飲むと、僕の小説にもめっきり艶《つや》っぽさが出て来るという事になるかも知れない。」

と言い、そもそも郵便局で無筆のあわれな爺さんに逢った事のはじめから、こまか

に語り起すと、女房は半分も聞かぬうちに、

「ウソ、ウソ。お父さんは、また、てれ隠しの作り話をおっしゃってる。ねえ、坊や。」

と言って、這《は》い寄る二歳の子を膝《ひざ》へ抱き上げた。


（「新風」昭和二十一年一月号）

嘘《うそ》

「戦争が終ったら、こんどはまた急に何々主義だの、何々主義だの、あさましく騒ぎまわって、演説なんかしているけれども、私は何一つ信用できない気持です。主義も、思想も、へったくれも要らない。男は嘘をつく事をやめて、女は慾《よく》を捨てたら、それでもう日本の新しい建設が出来ると思う。」

私は焼け出されて津軽の生家の居候《いそうろう》になり、鬱々《うつうつ》として楽しまず、ひょっこり訪ねて来た小学時代の同級生でいまはこの町の名誉職の人に向って、そのような八つ当りの愚論を吐いた。名誉職は笑って、

「いや、ごもっとも。しかし、それは、逆じゃありませんか。男が慾を捨て、女が嘘をつく事をやめる、とこう来なくてはいけません。」といやにはっきり反対する。

私はたじろぎ、

「そりゃまた、なぜです。」

「まあ、どっちでも、同じ様なものですが、しかし、女の嘘は凄《すご》いものです。私はこ

としの正月、いやもう、身の毛もよだつような思いをしました。それ以来、私は、てんで女というものを信用しなくなりました。うちの女房なんか、あんな薄汚い婆《ばばあ》でも、あれで案外、ほかに男をこしらえているかも知れない。いや、それは本当に、わからないものですよ。」と笑わずに言って、次のような田舎の秘話を語り聞かせてくれた。以下「私」というのは、その当年三十七歳の名誉職御自身の事である。

今だから、こんな話も公開できるのですが、当時はそれこそ極秘の事件で、この町でこの事件に就いて多少でも知っていたのは、ここの警察署長と（この署長さんは、それから間もなく転任になりましたが、いい人でした）それから、この私と、もうそれくらいのものでした。

ことしのお正月は、日本全国どこでもそのようでしたが、この地方も何十年振りかの大雪で、往来の電線に手がとどきそうになるほど雪が積り、庭木はへし折られ、塀《へい》は押し倒され、またぺしゃんこに潰《つぶ》された家などもあり、ほとんど大洪水みたいな被害で、連日の猛吹雪のため、このあたり一帯の交通が二十日も全くと絶えてしまいました。その頃の事です。

夜の八時ちょっと前くらいだったでしょうか、私が上の女の子に算術を教えていたら、ほとんどもう雪だるまそっくりの恰好《かっこう》で、警察署長がやって来ました。

何やら、どうも、ただならぬ気配です。あがれ、と言っても、あがりません。この署長はひどく酒が好きで、私とはいい飲み相手で、もとから遠慮も何も無い仲だったのですが、その夜は、いつになく他人行儀で、土間に突立ったまま、もじもじして、「いや、きょうは、」と言い、「お願いがあって来たのです。」と思いつめたような口調で言う。これはいよいよ、ただ事でないと、私も緊張しました。

私は下駄《げた》をつっかけて土間へ降り、無言で鶏《とり》小屋へ案内しました。雛《ひな》の保温のために、その小屋には火鉢を置いてあるのです。私たちは真暗い鶏小屋にこっそりはいります。私たちがはいって行っても、鶏どもが少しも騒がなかったほど、それほどこっそり忍び込んだのです。

私たちは火鉢を中にして、向い合って突立っていました。

「絶対に秘密にして置いて下さい。脱走事件です。」と署長は言う。

警察の留置場から誰か脱走したのだろう、と私は、はじめはそう思いました。黙って、次の説明を待っていました。

「たぶん、この町には、先例の無かった事でしょう。あなたの御親戚《しんせき》の圭吾《けいご》さん、ね、入隊していないんです。」

私は頭から、ひや水をぶっ掛けられたような気がしました。

「いや、しかし、あれは、」と私は、ほとんど夢中で言いました。「あれは、たしかに私が、青森の部隊の営門まで送りとどけた筈《はず》ですが。」

「そうです。それは私も知っています。しかし、向うの憲兵隊から、彼は、はじめから来ていない、という電話です。いったいならば、憲兵がこちらへ捜査に来る筈なのですが、この大雪で、どうにもならぬ。依《よ》って、まず先に内々の捜査を言いつけて来たのです。それで私は、あなたに一つ、お願いがあるのです。」

圭吾ってのは、どんな男だか、あなたなどは東京にばかりいらっしゃったのだから、何も御存じないでしょうし、また、いまはこんな時代になって、何を公表しても差支《さしつか》えないわけでしょうから、それはどこの誰だと、はっきり明かしてしまってもいいとはいうものの、でも、いずれにしても、これは美談というわけのものでもないのですから、やっぱりどうも、あれの氏素姓をこれ以上くわしく説明するのは、私にはつらくていけません。まあ、ぼんやり、圭吾とだけ覚えていて下さい。私の遠縁の男なんです。嫁をもらったばかりの若い百姓です。

そいつに召集令状が来て、まるでもう汽車に乗った事もないような田舎者なのですから、私が青森の部隊の営門まで送りとどけてやったのですが、それが、入隊してないというのです。いったん、営門にはいって、それから、すぐにまたひょいと逃げ出したのでしょうか。

署長の願いというのは、とにかくあの圭吾は逃げ出したって他に行くところも無い。この吹雪の中を、幾日かかっても山越えして、家へ帰って来るに違いない。死にやしない。必ず家へ帰って来る。何せ、あれの嫁は、あれには不似合いなほどの美人なんだから、必ず家へ帰る。そこで、あなたに一つお願いがある。あなたは、あの夫婦の媒妁人《ばいしゃくにん》だった筈だし、また、かねてからあの夫婦は、あなたを非常に尊敬している。いや、ひやかしているのでは、ありません。まじめな話です。それで、今夜あなたは御苦労だが、あれの家へ行って、嫁によくよく説き聞かせ、決して悪いようにはせぬから、もし圭吾が家に帰って来たなら、こっそりあなたに知らせてくれるように、しっかりと言いつけてやって下さい。ここ二、三日中に、圭吾が見つかったならば、私は、圭吾に何の罰もかからないように取りはからう事が出来ます。何せこの大雪で、交通機関がめちゃ滅茶なのですから、私はあれが入隊におくれた理由を、そこは何とかうまく報告できるつもりです。脱走兵を出したとあっては、この町全体の不名誉です。この町の名誉のために、一つ御苦労でもたのむ、というような事でした。

私は署長と一緒に吹雪の中を、あれの家へ出掛けました。かなり遠いのです。どうも人間の一生には、いろいろな事があると思いましたよ。私のような兵役免除の丁種が、帝国軍人の妻たる者の心掛けを説こうというのは、どう考えたって少し無理ですよ。

あれの家の前で署長と無言で別れ、私はあれの家の土間にはいって行きました。あなたがこれまで東京に永くいらっしゃったと言っても、やはりこの土地の生れなのですから、このへんの農家の構造はご存じでしょう。土間へはいると、左手は馬小屋で、右手は居間と台所兼用の板敷の部屋で大きい炉なんかあって、まあ、圭吾の家もだいたいあれ式なのです。

嫁はまだ起きていて、炉傍《ろばた》で縫い物をしていました。

「ほう、感心だのう。おれのうちの女房などは、晩げのめし食うとすぐに赤ん坊に添寝して、それっきりぐうぐう大鼾《おおいびき》だ。夜なべもくそもありゃしねえ。お前は、さすがに出征兵士の妻だけあって、感心だ、感心だ。」などと、まことに下手なほめ方をして外套《がいとう》を脱ぎ、もともと、もう礼儀も何も不要な身内の家なのですから、のこのこ上り込んで炉傍に大あぐらをかき、

「ばばちゃは、寝たか。」とたずねます。

圭吾には、盲目の母があるのです。

「ばばちゃは、寝て夢でも見るのが、一ばんの楽しみだべ。」と嫁は、縫い物をつづけながら少し笑って答えます。

「うん、まあそんなところかも知れない。お前も、なかなか苦労が多いの。しかし、いまの時代は、日本国中に仕合せな人は、ひとりもねえのだからな、つらくても、しばらくの我慢だ。何か思いに余る心配事でも起った時には、おれのところへ相談に来ればいいし、のう。」

「有難うごす。きょうはまた、どこからかのお帰りですか。おそいねす。」

「おれか? いや、どこの帰りでもねえ。まっすぐに、ここさ来たのだ。」

どうも私は駈引《かけひき》きという事がきらいで、いや、駈引きしたいと思っても、めんどくさくて、とても出来ないたちですので、ちょっと気まずくても、ありのままを言う事にしているのです。そのために、思わぬ難儀が振りかかって来た事もありますが、しかし、駈引きして成功しても永続きはしないような気がするのです。

その時も、私は、下手な小細工をしたって仕様が無いと思って、「まっすぐに、ここさ来た」と本当の事を言ったのですが、嫁は別にそれを気にとめる様子も無く、あたらしい薪《まき》を二本、炉にくべて、また縫い物を続けます。

へんな事をおたずねするようですが、あなたと私とは小学校の同級生ですから、同じとしの三十七、いやもう二、三週間すると昭和二十一年になって、三十八。ところでどうです、このとしになっても、やはり、色気はあるでしょう、いや、冗談でなく、私はいつか誰かに聞いてみたいと思っていた事なのです。まさか、私は、このとおり頭が禿《は》げて、子供が四人もあって、手の皮なんかもこんなに厚くなって、ひびだらけでささくれ立って、こんな手で女の柔い着物などにさわったら、手の皮がひっかかっていけないでしょう、このようなていたらくで、愛だの恋だのを囁《ささや》く勇気は流石《さすが》にありませんが、しかし、色気というのは案外なもので、ちょっと綺麗《きれい》な女とふたり切りで、よもやまの話などをしているうちに、何か妙な気がして来る事があるのです。あなたは、どうでしょう。いや、私は普通よりも少し色気が強いのかも知れません。実は、私はこんな薄汚い親爺《おやじ》になり下がっていながら、たいていの女と平気で話が出来ないたちなんです。まさか私は、その話相手の女に、惚《ほ》れるの惚れられるの、そんな馬鹿《ばか》な事は考えませんが、どうも何だか心にこだわりが出て来るのです。窮屈なんです。どうしても、男同士で話合うように、さっぱりとはまいりません。自分の胸の中のどこかに、もやもやと濁っているものがあるような気がしていけません。あれは、やはり、私の色気のせいだと思うのですが、どんなものでしょうか。しかしまた、私にそんなこだわりを全然、感じさせない女のひとも、たまにはあるのです。八十歳の婆とか、五歳の娘とか、それは問題になりませんが、女盛りの年頃で、しかもなかなかの美人でありながら、ちっとも私に窮屈な思いをさせず、私もからりとした非常に楽な気持で対坐《たいざ》している事が出来る、そんな女のひとも、たまにはあるのです。あれはいったい、どういうものでしょう。私は、このごろはまた何が何やら、わからなくなってしまいましたが、以前はまあ、こんな具合いに考えていたのです。私に窮屈な思いをさせないというのは、つまり、私にみじんも色気を感じさせないという事なのだから、きっとその女のひとの精神が気高いのだろう、話をしてこだわりを感じさせる女には、まさか、好くの好かれるのというはっきりした気持などはないでしょうが、自身でも気のつかない、あてもないぼんやりしたお色気があって、それが話相手にからまって、へんに相手を窮屈にさせてしまうのではないだろうか、とまあ、そんなふうに考えていたのでした。要するに私は、話をして落ちつかない気持を起させる女は、みだら、とは言えないまでも、多少のお色気のある女として感服せず、そうして、平気で話合える女を、心の正しい人として尊敬していました。

ところで、その圭吾の嫁は、ほかのひとにはどうかわかりませんが、私には、これまで一度も、全く少しのこだわりも感じさせない女だったのです。いまはもう、地主も小作人もあったものではありませんが、もともとこの嫁は、私の家の代々の小作人の娘で、小さい頃からちょっとこう思案深そうな顔つきをしていました。百姓には珍らしく、からだつきがほっそりして、色が白く、おとなになったら顔がちょっとしゃくれて来て、悪く言えば般若《はんにゃ》面に似たところもありましたが、しかし、なかなかの美人という町の評判で、口数も少く、よく働き、それに何よりも、私に全然れいのこだわりを感じさせぬところが気にいって、私は親戚の圭吾にもらってやったのでした。

どんなに親しい間柄とは言っても、私とその嫁とは他人なのだし、私だって、まだよぼよぼの老人というわけではなし、まして相手は若い美人で、しかも亭主が出征中に、夜おそくのこのこ訪ねて行って、そうして二人きりで炉傍で話をするというのは、普通ならば、あまりおだやかな事でも無いのでしょうが、しかし私は、あの嫁に対してだけは、ちっともうしろめたいものを感ぜず、そうしてそれは、その女の人格が高潔なせいであるとばかり解していたのですから、なに、一向に平気で、悠々と話込みました。

「実はの、きょうはお前に大事なお願いがあって来たのだ。」

「はあ。」と言って、嫁は縫い物の手を休め、ぼんやり私の顔を見守ります。

「いや、針仕事をしながらでいい、落ちついて聞いてくれ。これは、お国のため、というよりは、この町のため、いや、お前たち一家のために是非とも、聞きいれてくれろ。だいいちには、圭吾自身のため、またお前のため、またばばちゃのため、それから、お前たちの祖先、子孫のため、何としても、こんどのおれの願い一つだけは、聞きいれてくれねばいけねえ。」

「なんだべ、ねす。」嫁は針仕事を続けながら、小声で言いました。別に心配そうな顔もしていません。

「驚いてはいけねえ、とは言っても、いや、誰だって驚くに違いないが、実はな、さきほど警察の署長さんが、おれの家へおいでになって、「のう、圭吾も心得違いしたものだが、しかし、どんな人でも、いちどは魔がさすというか、魔がつくというか、妙な間違いを起したがるものだ。これは、ハシカのようなもので、人間の持って生れた心の毒を、いちどは外へ吹き出さなければならねえものらしい。だから、起した間違いは仕方のねえ事として、その間違いをそれ以上に大きな騒ぎにしないように努めるのが、お前やおれの、まごころというものでないか。署長さんも、決して悪いようにはしないと言っている。あれは、ひとをだましたりなどしない人だ。この町の名誉のため、ここ二、三日中に圭吾が見つかりさえすれば、何とかうまく全然おかみのお叱《しか》りのないように取りはからうと言っている。署長もおれも、黙っている。この町の誰にも、絶対に言わぬ。どうか、たのむ。圭吾は、きっとお前のところへ、帰って来る。帰って来たら、もう何も考える事は要らない、すぐにおれのところへ知らせに来てくれ。それが、だいいちに圭吾のため、お前のため、ばばちゃのため、祖先、子孫のためだ。」

嫁は、顔色もかえず、縫い物をつづけながら黙って聞いていましたが、その時、肩で深く息をついて、

「なんぼう、馬鹿だかのう。」と言って、左手の甲で涙を拭《ふ》きました。

「お前も、つらいところだ。それは重々、察している。しかし、いま日本では、お前よりも何倍もつらい思いをしているひとが、かず限りなくあるのだから、お前も、こは、こらえてくれろ。必ず必ず、圭吾が帰って来たら、おれのところに知らせてくれ。たのむ！　おれは今までお前たちに、ものを頼んだ事はいちども無かったが、こんどだけは、これ、このとおり、おれは、手をついてお前にお願いする。」

私は、お辞儀をしました。吹雪の音にまじって、馬小屋のほうから小さい咳《せき》ばらいが聞えました。私は顔を挙げて、

「いま、お前は、咳をしたか。」

「いいえ。」嫁は私の顔をけげんそうに見て、静かに答えます。

「それでは、いまの咳は誰のだ。お前には、聞えなかったか。」

「さあ、べつに、なんにも。」と言って、うすら笑いをしました。

私は、その時、なぜだか、全身鳥肌立つほど、ぞっとしました。

「来てるんでないか。おい、お前、だましてはだめだ。圭吾は、あの馬小屋にいるんでないか？」

私のあわてて騒ぐ様子が、よっぽど滑稽《こっけい》なものだったと見えて、嫁は、膝《ひざ》の上の縫い物をわきにのけ、顔を膝に押しつけるようにして、うふふふと笑い咽《むせ》んでしまいました。しばらくして顔を挙げ、笑いをこらえているように、下唇を噛《か》んで、ぽっと湯上りくらいに赤らんでいる顔を仰向けて、乱れた髪を掻《か》きあげ、それから、急にまじめになって私のほうにまっすぐに向き直り、

「安心してけせ。わたしも、馬鹿でごいせん。来たら来たと、かならずあなたのところさ、知らせに行きます。その時は、どうか、よろしくお願いします。」

「おう、そうか、」と私は苦笑して、「さっきの咳ばらいは、おれの空耳であったべな。こうなると、どうも、男よりも女子《おなご》のほうが、しっかりしている。それでは、どうか、よろしくたのむよ。」

「はあ、承知しました。」たのもしげに、首肯《うなず》きます。

私は、ほっとして、それでは帰ろうかと腰を浮かした途端に、馬小屋のほうで、「馬鹿！　命をそまつにするな！」と、あきらかに署長の声です。続いて、おそろしく大きい物音が。

名誉職は、そこまで語って、それから火鉢の火を火箸《ひばし》でいじくりながら、しばらく黙っていた。

「で？　どうしたのです。」と私は、さいそくした。「いたのですか？」

「いるも、いないも、」と言って、彼は火箸をぐさと灰に深く突き刺し、「二日も前から来ていたんですよ。ひどいじゃありませんか。二日も前に帰って来て、そうして、嫁と相談して、馬小屋の屋根裏の、この辺ではマギと言っていますが、まあ乾草《ほしくさ》や何かを入れて置くところですな、そこへ隠れていたのです。もちろん、嫁の入智慧《いれちえ》です。母は盲目だし、いい加減にだまして、そうしてこっそり馬小屋のマギに圭吾をかくし、三度々々の食事をそこへ運んでいたのだそうですよ。あとで、圭吾がそう言っていました。なに、あの嫁なんか一言も何も言いません。いまもって、知らん振りです。あの晩に、私が行って嫁にあれほど腹の底を打ち割った話をして、そうして、男一匹、手をついてお願いしたのにまあ、あの落ちつき払った顔。かえって馬小屋のマギで聞いていた圭吾のほうで、申しわけ無くなって、あなた、馬小屋の梁《はり》に縄をかけ、首をくくって死のうとしたのです。

署長は私と別れてからも商売柄、その辺をうろついて見張っていたのでしょう、馬小屋でたしかに人の気配がするので、土間からそっと覗《のぞ》いてみると、圭吾がぶらりです。そこでもって、馬鹿！　命をそまつにするな！　と叫び、ひきずりおろしたところへ、私たちが駈けつけたというわけでしたが、その、署長の、馬鹿！　という声と共に私たちは立ち上り、思わず顔を見合せ、その時の、嫁のまるでもう余念なさそうに首をかしげて馬小屋の物音に耳を澄ました恰好《かっこう》は、いやもう、ほとんど神《しん》の如《ごと》くでした。おそろしいものです。そうして、私たちは馬小屋へ駈けつけ、圭吾は署長にとらえられて、もう嫁のまっかな嘘《うそ》が眼前にばれているのに、嫁は私のうしろから圭吾のほうを覗いて見て、

『いつ、もどったのだべ。』と小声で言い、私は、あとで圭吾から二日前に既に帰っていたという事を聞かなかったら、この嫁が圭吾の帰宅をその時までまったく知らなかったのだと永遠に信じていたでしょう、きっと、そうです。嫁は、もうそれっきり何も言わず、時々うすら笑いさえ顔に浮べ、何を考えているのやら、何と思っているのやら、まるでもうわかりません。色気を感じさせないところが偉いと私は尊敬をし

ていたのですが、やっぱり、ちょっと男に色気を起させるくらいの女のほうが、善良で正直なのかも知れません。何が何やら、もう私は女の言う事は、てんで信用しない事にしました。

圭吾は、すぐに署長の証明書を持って、青森に出かけ、何事も無く勤務して終戦になってすぐ帰宅し、いまはまた夫婦仲良さそうに暮していますが、私は、あの嫁には呆《あき》れてしまいましたから、めったに圭吾の家へはまいりません。よくまあ、しかし、あんなに洒唖《しやあ》々《しやあ》と落ちついて嘘をつけたものです。女が、あんなに平気で嘘をつく間は、日本はだめだと思いますが、どうでしょうか。」

「それは、女は、日本ばかりでなく、世界中どこでも同じ事でしょう。しかし、」と私は、頗《すこぶ》る軽薄な感想を口走った。

「そのお嫁さんはあなたに惚れてやしませんか？」

名誉職は笑わずに首をかしげた。それから、まじめにこう答えた。

「そんな事はありません。」とはっきり否定し、そうして、いよいよまじめに（私は過去の十五年間の東京生活で、こんな正直な響きを持った言葉を聞いた事がなかった）小さい溜息《ためいき》さえもらして、「しかし、うちの女房とあの嫁とは、仲が悪かったです。」

私は微笑した。

（「新潮」昭和二十一年二月号）

雀《すずめ》

この津軽へ来たのは、八月。それから、ひとつきほど経《た》って、私は津軽のこの金木町から津軽鉄道で一時間ちかくかかって行き着ける五所川原という町に、酒と煙草《たばこ》を買いに出かけた。キンシを三十本ばかりと、清酒を一升、やっと見つけて、私はまた金木行の軽便鉄道に乗った。

「や、修治。」と私の幼名を呼ぶ者がある。

「や、慶四郎。」と私も答えた。

加藤慶四郎君は白衣である。胸に傷痍《しょうい》軍人の徽章《きしょう》をつけている。もうそれだけで私には万事が察せられた。

「御苦労様だったな。」私のこんな時の挨拶《あいさつ》は甚《はなは》だまずい。しどろもどろになるのである。

「君は？」

「戦災というやつだ。念いりに二度だ。」

「そう。」

向うも赤面し、私も赤面し、まごついて、それから、とにかく握手した。

慶四郎君は、私と小学校が同クラスであった。相撲がクラスで二ばん目に強かった。一ばん強かったのは、忠五郎であった。時々、一位決定戦を挑み、クラスの者たちは手に汗を握って観戦するという事になるのだが、どうしてもやはり忠五郎に負ける。慶四郎君は起き上り、チョッと言って片足で床板をとんと踏む。それが如何《いか》にも残念そうに見えた。その動作が二十幾年後の今になっても私には忘れられず、慶四郎君と言えばその動作がすぐ胸中に浮んで来て、何だか慶四郎君を好きになるのである。慶四郎君は小学校を卒業してから弘前《ひろさき》の中学校に行き、私は青森の中学校にはいった。それから慶四郎君は、東京のK大学にはいり、私も東京へ出たが、あまり逢う事は無かった。いちど銀座で逢《あ》い、その時私はちっともお金を持っていなかったので、慶四郎君の御ちそうになってしまった。それきり逢わない。何でも、K大学を卒業してから東京の中学校の教師をしていたとかいう事を風の便りに聞いた。

「しかし、まあ、よかったね。」と私は、少しも要領を得ない事を言った。何と言ったらいいか、わからないのである。

「うん、よかった。」と慶四郎君は、平気で応じて、「もう少しで死ぬとこでしたよ。」

「そうだろう、そうだろう。」と私は少し狼狽《ろうばい》気味でうなずき、ポケットかられいの買って来たばかりの煙草をとり出し、慶四郎君にすすめた。

「いや、駄目なんだ。」と慶四郎君は断り、「これだ。」と言って白衣の胸を軽く叩《たた》く。とたんに、発車。

「そうか。酒はどうだい。酒もあるぜ。」と私は足もとの風呂敷《ふろしき》包をちょっと持ち上げて見せる。「肺病には煙草は、いけないが、酒は体質に依《よ》ってはかえって具合いのいいことがある。」

「飲みたいな。」と慶四郎君は素直に答えて、「何もう胸のほうは、すっかりいいんだけれどもね、煙草はどうも咳が出ていけない。酒ならいいんだ。イトウで皆とわかれる時にも、じゃんじゃん飲んだよ。」

「イトウ？」

「そう。伊豆《いず》の伊東《いとう》温泉さ。あそこで半年ばかり療養していたんだ。中支に二年、南方に一年いて、病気でたおれて、伊東温泉で療養という事になったんだが、いま思うと、伊東温泉の六箇月が一ばん永かったような気がするな。からだが治って、またこれから戦地へ行かなくちゃならんのかと思ったら、流石《さすが》にどうも、いやだったが、終戦と聞いて実は、ほっとしたんだ。仲間とわかれる時には、大いに飲んだ。」

「君がきょう帰るのを、君のうちでは知っているのか。」

「知らないだろう。近く帰れるようになるかも知れんという事は葉書で言ってやって置いたが。」

「それはひどいよ。妻子も、金木の家へ来ているんだろう？」

「うん、召集と同時に女房と子供は、こっちの家へ疎開《そかい》させて置いた。なあに、知らせるに及ばんさ。外国土産でもたくさんあるんならいいけど、どうもねえ、何もありゃしないんだ。」と言って、顔をそむけ、窓外の風景を眺める。

「これを持って行き給《たま》え。ね、これは上等酒だとかいう話だよ。持って行き給え。金木にもね、いまはお酒はちっとも無いんだよ。これを持って行って、久し振りで女房のお酌で飲むさ。」

「君のお酌なら、飲んでもいいな。」

「いや、僕は遠慮しよう。細君から邪魔者あつかいにされてもつまらない。とにかくこれは持って行ってくれ。君がきょう帰るという事を家に知らせていないとすると、君の家では、きょうはお酒の支度が出来ないにきまっている。君は、お酒を飲みたいんだろう？　どうも、さっきからこの風呂敷包を見る君の眼がただ事でなかったよ。飲みたいに違いないさ。持って行き給え。そうして、みんな飲んでしまってくれ。」

「いや、一緒に飲もう。今夜、君がこれをさげて僕の家へ遊びに来てくれたら、一ばん有難いんだがな。」

「それは、ごめんだ。それだけは、まっぴらだ。二、三日経ってからなら。」

「じゃあ、二、三日経ってからでもいいから遊びに来てくれ。この酒は要らないよ。僕の家にだってあるだろう。」

「無い、無い。金木にはいま、まるっきり清酒が無いんだ。とにかくきょうは、この酒を君が持って行かなくちゃいけない。」

私たちは金木駅に着くまで、その一升の清酒にこだわった。

結局、そのお酒は慶四郎君が持って行く事になったが、そのかわり、私も二、三日中に慶四郎君の家へ遊びに行かなければならなくなった。

そうして約束どおり私は三日後に、慶四郎君の家を訪ねたのであるが、彼は私の贈った清酒一升には少しも手をつけずに私を待っていてくれた。私たちは早速その一升を飲みはじめ、彼の大柄でおとなしそうな細君にも紹介せられ、また十三の男の子をかしらに、三人の子供も見せてもらった。

そうしてその夜、私は次のような話を彼から聞いた。

中支に二年、南方に一年いたが、いま思うとまるでもう遠い夢のようで、それにまた、兵隊として走り廻っているのが、この自分では無いような気がして、あの当時の事は、まったく語りたくない。語っても、嘘《うそ》をついているような気がしていけない。それよりも僕には、伊東温泉の半年のほうが、ずっと永くて、そうして自分というこの重苦しい人間の存在が、まごうかたなく生きて動いている感じで、悲しみも喜びも、自分の皮膚にしみ込んで来るような思いがして、僕の三年半の兵隊生活のうちで、君たちに語りたいのは、その最後の六箇月間の療養生活に就いてだけのような気がする。やっぱり日本人は、内地から一歩外へ出ると、自己喪失とでもいうのか、ふわりと足が浮いて生活を忘れ、まるで駄目になってしまう宿命を負っているのではないかしら。内地では、二、三時間汽車に乗っても、大旅行の感じでとても気疲れがするのだが、外地では十時間二十時間の汽車旅行なんて、まるで隣村へ行くくらいの気軽なものなのだからね。内地の生活の密度が濃いとでもいうのか、または、その密度の濃い生活とぴったり嚙《か》み合う歯車が僕たちの頭脳の中にあって、それで気持の弛緩《しかん》が無く一時間の旅でもあんなに大仕事のように思われて来るのかね。とにかく、伊東の半箇年は永くて、重苦しく、たっぷりしたものだった。いろいろな思い出がある。その中でも、おそらくこれから十年経っても二十年経っても、いや僕の死ぬまで決して忘れる事が出来ないだろうと思われる妙な事件が一つある。それを話そう。

あれはもう初夏の頃で、そろそろれいの中小都市爆撃がはじまって、熱海《あたみ》伊東の温泉地帯もほどなく焼き払われるだろうということになり、荷物の疎開やら老幼者の避難やらで悲しい活気を呈していた。その頃の事だが、或《あ》る日、昼飯後の休憩時間に、僕は療養所の門のところに立ってぼんやり往来を眺めていた。日でり雨というのか、お天気がよいのに、こまかく金色に光る雨が時々ぱらぱらと降って来る。燕《つばめ》が、道路に腹がすれすれになるくらいに低く飛んで飛び去る。僕はあの時、何を考えていたのだろう。道の向う側の黒い板塀《いたべい》の下に一株の紫陽花《あじさい》が咲いていて、その花がいまでもはっきり頭に残っているところから考えると、或いは僕はそのとき柄にもなく旅愁に似たセンチメンタルな気持でいたのかも知れないね。

「兵隊さん、雨に濡《ぬ》れてしまいますよ。」

療養所のすじむかいに小さい射的場があって、その店の奥で娘さんが顔を赤くして笑っている。ツネちゃんという娘だ。はたちくらいで、母親は無く、父親は療養所の小使いをしている。大柄な色の白い子で、のんきそうにいつも笑って、この東北の女みたいに意地悪く、男にへんに警戒するような様子もなく、伊豆の女はたいていそうらしいけれど、やっぱり、南国の女はいいね、いや、それは余談だが、とにかくツネちゃんは、療養所の兵隊たちの人気者で、その頃、関西弁の若い色男の兵隊がツネちゃんをどうしたのこうしたのという評判があって、僕もさすがにムシャクシャしていた。いや、君のようにそう言ってしまえばおしまいだけど、べつに僕はその時ツネちゃんの事を考えて、日でり雨を浴びて門の傍に佇《たたず》んでいた、というわけでもないんだよ。いや、そうかも知れない。幽《かす》かに射的場のほうを意識して、僕は紫陽花を眺めたりしてポオズをつけていたのかも知れない。しかし、僕はまさか、ツネちゃんに恋いこがれて、ツネちゃんの射的場へ行こうかどうしようかと、門のところで思い迷っていたというわけでは決してない。だいいち君、僕たちはもう、そんなとしでもないじゃないか。本当に僕はその時、ぼんやり門の傍に立っていただけなんだ。けれども、僕は前からツネちゃんをきらいじゃなかったし、それにどうもあの色男との噂《うわさ》が気になっていたのも事実だったから、全くツネちゃんの射的場を度外視して、門のところに立っていたと言ってもやっぱり嘘になるかも知れないね。人間の心というのは、君たちの書く小説みたいに、あんなにはっきり定っているものでなく、実際はもっとぼんやりしているものじゃないのか。殊《こと》にも男と女の間の気持なんてその場その場の何かのきっかけで、意外な事になったりなんかするもんだからね。ひやかしちゃいけない。君にだって経験があるだろう。好きもきらいも、たわいないものだよ。とにかく僕は、ツネちゃんに声をかけられて、それから、のこのこツネちゃんの射的場に行ったのだ。

「ツネちゃん、疎開しないのか。」

「あなたたちと一緒よ。死んだって焼けたって、かまやしないじゃないの。」

「すごいものだね。」

と僕は言うより他は無かった。こりゃてっきり、ツネちゃんもあの関西弁と出来ちゃった、やぶれかぶれの大情熱だと僕は内心ひそかに断定を下し、妙に淋しかった。

「雀でも撃って見ようかな。」と言って僕は空気銃を取りあげた。

その射的場で、一ばんむずかしいのは、この雀撃ちという事になっている。ブリキ細工の雀が時計の振子のように左右に動いているのを、小さい鉛の弾で撃つのだ。尻《しっ》尾《ぽ》に当っても、胴に当っても落ちない。頭の口嘴《くちばし》に近いところを撃たなければ絶対に落ちない。しかし僕は、空気銃の癖を呑《の》み込んでからは、たいてい最初の一発で、これをしとめる事が出来るようになっていた。

ツネちゃんが箱のねじを巻くと、雀《すずめ》は、カッタンカッタンと左右に動きはじめる。僕はねらいをつけた。引金をひく。

カッタンカッタン。

当らないのだ。

「どうしたの？」とツネちゃんは、僕がたいてい最初の一発でしとめるのを知っているので、不審そうな顔をしてそう言う。

「どいてくれ、お前が目ざわりでいけないのだ。」と僕は下手な冗談を言う。どうも東北人は、こんな時、猿も筆のあやまりなんて、おどけた軽い応酬が出来なくて困るよ。

事実、どうにも目ざわりだったのだ。ツネちゃんは僕たちが射撃をはじめると、たいてい標的のあたりにうろうろしていて、弾を拾ったり、標的の位置を直したりするのだが、いつもはそんな目ざわりなんて思った事は無かった。しかしその時は、雀の標的のすぐ傍に立って笑っているツネちゃんが、ひどく目ざわりで危なかしくていけなかった。

「どけ、どけ。」と僕は無理に笑って、重ねて言った。

「はい、はい。」

ツネちゃんは笑いながら一尺ばかりわきへ寄る。

僕はねらいをつける。引金をひく。ブスと発射。

カッタンカッタン。

当らないのだ。

「どうしたの？」

とまた言う。

僕は、へんに熱くなって来た。黙って三発目の弾をこめてねらう。ブスと発射。

カッタンカッタン。

当らない。

「どうしたの？」

さらに四発目。当らない。

「ほんとうに、どうしたの？」と言って、ツネちゃんはしゃがんだ。

僕は答えず五発目の弾をこめる。しゃがんでいるツネちゃんのモンペイの丸い膝《ひざ》が
こんもりしている。この野郎。もう処女ではないんだ。

いきなりブスとその膝を撃った。

「あ。」と言って、前に伏した。それからすぐに顔を挙げて、

「雀じゃないわよ。」と言った。

僕はそれを聞いて、全身に冷水をあびせられたような気がして立ちすくんだ。悪かった悪かった、悪かった、悪かった、千べん言っても追っつかないような気がした。

雀じゃないわよ、という無邪気な一言が、どのような烈《はげ》しい抗議よりも鋭く痛くこたえた。ツネちゃんは顔をしかめ、しゃがんだまま膝小僧をおさえ、うむと呻《うめ》いた。おさえた手の指の間から、血が流れ出て来た。僕は空気銃をほうり出し、裏から廻って店の奥にはいり、

「ごめんごめん、ごめん。どうした？」

どうしたもこうしたも無い。鉛の弾が膝がしらに当って、よほどの怪我《けが》をしたのにきまっている。立てない様子だ。僕はちょっと躊躇《ちゆうちよ》したが、思い切ってうしろから抱いて立たせた。ツネちゃんは、あいたたと言って膝頭から手を放し、僕のほうに顔をねじ向け、「どうするの？」と小声で言って、悲しそうに笑った。

「療養所で手当をしてもらおう。」と言った僕の声は嗄《しやが》れていた。

ツネちゃんは歩けない様子であった。僕は自分の左脇《ひだりわき》にかかえるようにしてツネちゃんを療養所に連れ込み、医務室へ行った。出血の多い割に、傷はわずかなものだった。医者は膝頭に突きささっている鉛の弾を簡単にピンセットで撮《つま》み出して、小さい傷口を消毒し繃帯《ほうたい》した。娘の怪我を聞いて父親の小使いが医務室に飛び込んで来た。

僕は卑屈なあいそ笑いを浮べて、

「やあ、どうも。」と言った。僕は、自分が本当に悪いと思っていると尚《なお》さら、おわ

びの言葉が言えなくなるたちなのだ。

その時の父親の眼つきを、僕は忘れる事が出来ない。ふだんは気の弱そうな愛嬌《あいきょう》のいい人であったが、その時、僕の顔をちらと見た眼つきは、憎悪《ぞうお》と言おうか、敵意と言おうか、何とも言えない実におそろしい光りを帯びていた。僕は、ぎょっとした。ツネちゃんの怪我はすぐ治って、この事件は、べつだん療養所の問題になる事もなく、まあ二三の仲間にひやかされたくらいの事ですんだのであるが、しかし、僕の思想は、その日の出来事で一変せられたと言ってよい。僕はその日から、なんとしても、もう戦争はいやになった。人の皮膚に少しでも傷をつけるのがいやになった。人間は雀じゃないいんだ。そうして、わが子を傷つけられた親の、あの怒りの眼つき。戦争は、君、たしかに悪いものだ。

僕はべつにサジストではない。その傾向は僕には無かった。しかし、あの日に、人を傷つけた。それはきっと、戦地の宿酔《ふつかよい》にちがいないのだ。僕は戦地に於《お》いて、敵兵を傷つけた。しかし、僕は、やはり自己喪失をしていたのであろうか、それに就いての反省は無かった。戦争を否定する気は起らなかった。けれども、殺戮《さつりく》の宿酔を内地まで持って来て、わずかにその片鱗《へんりん》をあらわしかけた時、それがどんなに悪質のものであったか、イヤになるほどはっきり知らされた。妙なものだよ。やはり、内地では生活の密度が濃いからであろうか。日本人というのは、外国へ行くと足が浮いて、その生活が空転するという宿命を持っているのであろうか。内地にいる時と、外地にいる時と、自分ながら、まるでもう人が違っているような気がして、われとわが股《もも》を抓《つね》ってみたくなるような思いだ。

慶四郎君の告白の終りかけた時、細君がお銚子《ちょうし》のおかわりを持って来て無言で私たちに一ぱいずつお酌をして静かに立ち去る。そのうしろ姿をぼんやり見送り、私は愕《がく》然《ぜん》とした。片足をひきずり気味にして歩いている。

「ツネちゃんじゃないか。」

その細君は、津軽訛《なま》りの無い純粋の東京言葉を遣っていた。酔いのせいもあって、私は奇妙な錯覚を起したのである。ツネちゃんは、色白で大柄なひとだったそうではないか。

「馬鹿《ばか》、何を言ってやがる。足か。きのう木炭の配給を取りに一里も歩いて足に豆が出来たんだとか言っている。」

（「思潮」昭和二十一年十月号）

未帰還の友に

一

君が大学を出てそれから故郷の仙台の部隊に入営したのは、あれは太平洋戦争のはじまった翌年、昭和十七年の春ではなかったかしら。それから一年経《た》って、昭和十八年の早春に、アス五ジウエノツクという君からの電報を受け取った。

あれは、三月のはじめ頃ではなかったかしら。何せまだ、ひどく寒かった。僕は暗いうちから起きて、上野駅へ行き、改札口の前でうずくまって、君もいよいよ戦地へ行くことになったのだとひそかに推定していた。遠慮深くて律義《りちぎ》な君が、こんな電報を僕に打って寄こすのは、よほどの事であろう。戦地へ出かける途中、上野駅に下車して、そこで多少の休憩の時間があるからそれを利用し、僕と一ぱい飲もうという算段にちがいないと僕は賢察していたのである。もうその頃、日本では、酒がそろそろ無くなりかけていて、酒場の前に行列を作って午後五時の開店を待ち、酒場のマスタアに大いにあいそを言いながら、やっと半合か一合の酒にありつけるという有様であった。けれども僕には、吉祥寺に一軒、親しくしているスタンドバアがあって、すこしは無理もきくので、実はその前日そこのおばさんに、「僕の親友がこんど戦地へ行く事になったらしく、あしたの朝早く上野へ着いて、それから何時間の余裕があるかわからないけれども、とにかくここへ連れて来るつもりだから、お酒とそれから何か温かいたべものを用意して置いてくれ、たのむ！」と言って、承諾させた。

君と逢《あ》ったらすぐに、ものも言わずに、その吉祥寺のスタンドに引っぱって行くつもりでいたのだが、しかし、君の汽車は、ずいぶん遅れた。三時間も遅れた。僕は改札口のところで、トンビの両袖《りょうそで》を重ねてしゃがみ、君を待っていたのだが、内心、気が気でなかった。君の汽車が一時間おくれると、一時間だけ君と飲む時間が少くなるわけである。それが三時間以上も遅れたのだから、実に非常な打撃である。それにどうも、ひどく寒い。そのころ東京では、まだ空襲は無かったが、しかし既に防空服装というものが流行していて、僕のように和服の着流しにトンビをひっかけている者は、ほとんど無かった。和服の着流しでコンクリートのたたきに蹲《うずくま》っていると、裾《すそ》のほうから冷気が這《は》いあがって来て、ぞくぞく寒く、やりきれなかった。午前九時近くなって、君たちの汽車が着いた。君は、ひとりで無かった。これは僕の所謂《いわゆる》「賢察」も及ばぬところであった。

ざッざッざッという軍靴《ぐんか》の響きと共に、君たち幹部候補生二百名くらいが四列縦隊で改札口へやって来た。僕は改札口の傍《そば》で爪《つまさ》先き立ち、君を捜した。君が僕を見つけたのと、僕が君を見つけたのと、ほとんど同時くらいであったようだ。

「や。」

「や。」

という具合になり、君は軍律もクソもあるものか、とばかりに列から抜けて、僕のほうに走り寄り、

「お待たせしますた。どうステても、逢いたくてあったのでね。」と言った。

僕は君がしばらく故郷の部隊にいるうちに、ひどく東北訛《なま》りの強くなったのに驚き、かつは呆《あき》れた。

ザッザッザッと列は僕の眼前を通過する。君はその列にはまるで無関心のように、やたらにしゃべる。それは君が、僕に逢ったらまずどのような事を言って君自身の進歩をみとめさせてやろうかと、汽車の中で考えに考えた事に違いない。

「生活というのは、つまり、何ですね、あれは、何でも無い事ですね。僕は、学校にいた頃は、生活というものが、やたらにこわくて、いけませんでしたが、しかス、何でも無いものであったですね。軍隊だって生活ですからね。生活というのは、つまり、何の事は無い、身辺の者との附合いですよ。それだけのものであったですね。軍隊なんてのは、つまらないが、しかス、僕はこの一年間に於《お》いて、生活の自信を得たです

ね。」

列はどんどん通過する。僕は気が気でない。

「おい、大丈夫か。」と僕は小声で注意を与えた。

「なに、かまいません。」と君は、その列のほうには振り向きもせず、「僕はいま、ノオと言えるようになったですね。生活人の強さというのは、はっきり、ノオと言える勇気ですね。僕は、そう思いますよ。身辺の者との附合いに於いて、ノオと言うべき時に、はっきりノオと言う。これが出来た時に、僕は生活というものに自信を得たですね。先生なんかは、未《いま》だにノオと言えないでしょう？　きっと、まだ、言えませんよ。」

「ノオ、ノオ。」と僕は言って、「生活論はあとまわしにして、それよりも君、君の身辺の者はもう向うへ行ってしまったよ。」

「相変らず先生は臆病《おくびょう》だな。落着きというものが無い。あの身辺の者たちは、駅の前で解散になって、それから朝食という事になるのですよ。あ、ちょっとここで待っていて下さい。弁当をもらって来ますからね。先生のぶんも貰《もら》って来ます。待っていて下さい。」と言って、走りかけ、また引返し、「いいですか。ここにいて下さいよ。すぐに帰って来ますから。」

君はどういう意味か、紫の袋にはいった君の軍刀を僕にあずけて、走り去った。僕は、まごつきながらも、その軍刀を右手に持って君を待った。しばらくして君は、竹の皮に包まれたお弁当を二つかかえて現れ、

「残念です。嗚呼《ああ》、残念だ。時間が無いんですよ、もう。」

「何時間も無いのか？　もう、すぐか？」と僕は、君の所謂落着きの無いところを発揮した。

「十一時三十分まで。それまでに、駅前に集合して、すぐ出発だそうです。」

「いま何時だ。」君の愚かな先生は、この十五、六年間、時計というものを持った事が無い。時計をきらいなのでは無く、時計のほうでこの先生をきらいらしいのである。時計に限らず、たいていの家財は、先生をきらって寄り附かない具合である。

君は、君の腕時計を見て、時刻を報告した。十一時三十分まで、もう三時間くらいしか無い。僕は、君を吉祥寺のスタンドバアに引っぱって行く事を、断念しなければいけなかった。上野から吉祥寺まで、省線で一時間かかる。そうすると、往復だけで既に二時間を費消する事になる。あと一時間。それも落着きの無い、絶えず時計ばかり気にしていなければならぬ一時間である。意味無い、と僕はあきらめた。

「公園でも散歩するか。」泣きべそを搔《か》くような気持であった。

僕は今でもそうだが、こんな時には、お祭りに連れて行かれず、家にひとり残された子供みたいな、天をうらみ、地をのろうような、どうにもかなわない淋しさに襲われるのだ。わが身の不幸、などという大袈裟《おおげさ》な芝居がかった言葉を、冗談でなく思い浮べたりするのである。しかし、君は平気で、

「まいりましょう。」と言う。

僕は君に軍刀を手渡し、

「どうもこの紐《ひも》は趣味が悪いね。」と言った。軍刀の紫の袋には、真赤な太い人絹《じんけん》の紐がぐるぐる巻きつけられ、そうして、その紐の端には御ていねいに大きい総《ふさ》などが附けられてある。

「先生には、まだ色気があるんですね。恥かしかったですか？」

「すこし、恥かしかった。」

「そんなに見栄坊《みえぼう》では、兵隊になれませんよ。」

僕たちは駅から出て上野公園に向った。

「兵隊だって見栄坊さ。趣味のきわめて悪い見栄坊さ。」

帝国主義の侵略とか何とかいう理由からでなくとも、僕は本能的に、或《あ》るいは肉体的に兵隊がきらいであった。或る友人から「服役中は留守宅の世話云々《うんぬん》」という手紙を

もらい、その「服役」という言葉が、懲役にでも服しているような陰惨な感じがして、これは「服務中」の間違いではなかろうかと思って、ひとに尋ねてみたが、やはりそれは「服役」というのが正しい言い習わしになっていると聞かされ、うんざりした事がある。

「酒を飲みたいね。」と僕は、公園の石段を登りながら、低くひとりごとのように言った。

「それも、悪い趣味でしょう。」

「しかし、少くとも、見栄ではない。見栄で酒を飲む人なんか無い。」

僕は公園の南洲《なんしゅう》の銅像の近くの茶店にはいって、酒は無いかと聞いてみた。有る筈《はず》はない。お酒どころか、その頃の日本の飲食店には、既にコーヒーも甘酒も、何も無くなっていたのである。

茶店の娘さんに冷く断られても、しかし、僕はひるまなかった。

「御主人がいませんか。ちょっと逢いたいのですが。」と僕は真面目《まじめ》くさってそう言った。

やがて出て来た頭の禿《は》げた主人に向って、僕は今日の事情をめんめんと訴え、

「何かありませんか。なんでもいいんです。ひとえにあなたの義俠心《ぎきょうしん》におすがりしま

す。たのみます。ひとえにあなたの義俠心に、……」という具合にあくまでもねばり、僕の財布の中にあるお金を全部、その主人に呈出した。「よろしい！」とその頭の禿げた主人は、とうとう義俠心を発揮してくれた。「そんなわけならば、私の晩酌用のウイスキイを、わけてあげます。お金は、こんなにたくさん要りません。実費でわけてあげます。そのウイスキイは、私は誰にも飲ませたくないから、ここに隠してあるのです。」

主人は、憤激しているようなひどく興奮のていで、矢庭に座敷の畳をあげ、それから床板を起し、床下からウイスキイの角瓶《かくびん》を一本とり出した。「万歳！」と僕は言って、拍手した。

そうして、僕たちはその座敷にあがり込んで乾杯した。

「先生、相変らずですねえ。」

「相変らずさ。そんなにちょいちょい変ってはたまらない。」

「しかし、僕は変りましたよ。」

「生活の自信か。その話は、もうたくさんだ。ノオと言えばいいんだろう？」

「いいえ、先生。抽象論じゃ無いんです。女ですよ。先生、飲もう。僕は、ノオと言うのに骨を折った。先生だって悪いんだ。ちっとも頼りになりゃしない。菊屋のね、あの娘が、あれから、ひどい事になってしまったのです。いったい、先生が悪いんだ。」

「菊屋? しかし、あれは、あれっきりという事に、……」

「それがそういかないんですよ。僕は、ノオと言うのに苦労した。実際、僕は人が変りましたよ。先生、僕たちはたしかに間違っていたのです。」

意外な苦しい話になった。

二

菊屋というのは、高円寺の、以前僕がよく君たちと一緒に飲みに行っていたおでんやの名前だった。その頃から既に、日本では酒が足りなくなっていて、僕が君たちと飲んで文学を談ずるのに甚《はなは》だ不自由を感じはじめていた。あの頃、僕の三鷹《みたか》の小さい家に、実にたくさんの大学生が遊びに来ていた。僕は自分の悲しみや怒りや恥を、たいてい小説で表現してしまっているので、その上、訪問客に対してあらたまって言いたい事も無かった。しかしまた、きざに大先生気取りして神妙そうな文学概論なども言いたくないし、一つ一つ言葉を選んで法螺《ほら》で無い事ばかり言おうとすると、いやに疲れてしまうし、そうかと言って玄関払いは絶対に出来ないたちだし、結局、君たちをそそのかして酒を飲みに飛び出すという事になってしまうのである。酒を飲むと、僕は非常にくだらない事でも、大声で言えるようになる。そうして、それを聞いている君たちもまた大いに酔っているのだから、あまり僕の話に耳を傾けていないという安心もある。僕は、君たちから僕のつまらぬ一言一句を信頼されるのを恐れていたのかも知れない。ところが、日本にはだんだん酒が無くなって来たので、その臆病《おくびょう》な馬鹿《ばか》先生は甚だ窮したというわけなのだ。その時にあたり、僕たちは、実によからぬ一つの悪計をたくらんだのである。岡野金右衛門の色仕掛けというのが、すなわちそれであった。菊屋にはその頃、他の店にくらべて酒が豊富にあったようである。しかし、一人にお銚子《ちょうし》二本ずつと定められていた。二本では足りないので、おかみさんの義俠《ぎきょう》心《しん》に訴えて、さらに一本を懇願しても、顔をしかめるばかりで相手にしない。さらに愁訴すると、奥から親爺《おやじ》が顔を出して、さあさあ皆さん帰りなさい、いまは日本では酒の製造量が半分以下になっているのです。貴重なものです。いったい学生には酒を飲ませない事に私どもではきめているのですがね、と興覚めな事を言う。よろしい、それならば、と僕たちはこの不人情のおでんやに対して、或《あ》る種の悪計をたくらんだのだった。

まず僕が、或る日の午後、まだおでんやが店をあけていない時に、その店の裏口から真面目《まじめ》くさってはいって行った。

「おじさん、いるかい。」と僕は、台所で働いている娘さんに声をかけた。この娘さんは既に女学校を卒業している。十九くらいではなかったかしら。内気そうな娘さんで、すぐ顔を赤くする。

「おります。」と小さい声で言って、もう顔を真赤にしている。

「おばさんは?」

「おります。」

「そう。それはちょうどいい。二階か?」

「ええ。」

「ちょっと用があるんだけどな。呼んでくれないか。おじさんでも、おばさんでも、どっちでもいい。」

娘さんは二階へ行き、やがて、おじさんが糞《くそ》まじめな顔をして二階から降りて来た。悪党のような顔をしている。

「用事ってのは、酒だろう。」と言う。

僕はたじろいだが、しかし、気を取り直し、

「うん、飲ませてくれるなら、いつだって飲むがね。しかし、ちょっとおじさん、話

があるんだ。店のほうへ来ないか?」

僕は薄暗い店のほうにおじさんをおびき寄せた。

あれは昭和十六年の暮であったか、昭和十七年の正月であったか、とにかく、冬であったのはたしかで、僕は店のこわれかかった椅子《いす》に腰をおろし、トンビの袖《そで》をはねてテーブルに頬杖《ほおづえ》をつき、

「まあ、あなたもお坐《すわ》り。悪い話じゃない。」

おじさんは、渋々、僕と向い合った椅子に腰をおろして、

「結局は、酒さ。」とぶあいそな顔で言った。

僕は、見破られたかと、ぎょっとしたが、ごまかし笑いをして、

「信用が無いようだね。それじゃ、よそうかな。マサちゃん(娘の名)の縁談なんだけどね。」

「だめ、だめ。そんな手にゃ乗らん。何のかのと言って、それから、酒さ。」

実に、手剛《てごわ》い。僕たちの悪計もまさに水泡に帰するかの如《ごと》くに見えた。

「そんなにはっきり言うなよ。残酷じゃないか。そりゃどうせ僕たちは、酒を飲ませていただきたいよ。そりゃそうさ。」と僕は、ほとんど破れかぶれになり、「しかし、僕の見るところでは、あのマサちゃんは、おじさんに似合わず、全く似合わず、いい

子だよ。それでね、僕の友人でいま東京の帝大の文科にはいっている鶴田君、と言ってもおじさんにはわからないだろうが、ほら、僕がいつも引っぱって来る大学生の中で一ばん脊《せ》が高くて色の白い、羽左衛門《うざえもん》に似た（別に僕は君が羽左衛門にも誰にも似ているとは思わないが、美男子という事を強調するために、おじさんの知っていそうな美男の典型人の名前を挙げてみただけである）そんなに酒を飲まない（その実、僕のところへ来る大学生のうちで君が一ばんの大酒飲みであった）おとなしそうな青年が、その鶴田君なんだがね、あれは仙台の人でね、少し言葉に仙台なまりがあるからあまり女には好かれないようだけれど、まあ、かえってそのほうがいい。僕のように好かれすぎても困る。」

おじさんは、うんざりしたように顔をしかめたが、僕は平気で、

「その鶴田君だがね、母ひとり子ひとりなんだ。もうすぐ帝大を卒業して、まあ文学士という事になるわけだが、或いは卒業と同時に兵隊に行くかも知れん。しかし、また、行かないかも知れん。行かない場合は、どこかで勤めるという事になるだろうが、（この辺までは本当だが、それからみんな嘘《うそ》）僕は鶴田君のお母さんと昔からの知合いでね、僕のようなものでも、これでも、まあ、信頼されているのだ。それでね、ひとり息子の鶴田君の嫁は、何とかして先生に、僕の事だよ先生というのは、その先生

に捜してもらいたいと、本当だよ、つまり僕はその全権を委任されているような次第なのだ。」

しかし、かのおじさんは、いかにも馬鹿々々しいというような顔つきをして横を向き、

「冗談じゃない。あんたに、そんな大事な息子さんを。」と言い、てんで相手にしてくれない。

「いや、そうじゃない。まかせられているのだ。」と僕は厚かましく言い張り、「ところで、どうだろう。その鶴田君と、マサちゃんと。」と言いかけた時に、おじさんは、

「馬鹿らしい。」と言って立ち上り、「まるで気違いだ。」

さすがに僕もむっとして、奥へ引き上げて行くおじさんのうしろ姿に向い、

「君は、ひとの親切がわからん人だね。酒なんか飲みたかねえよ。ばかものめ。」と言った。まさに、めちゃ苦茶である。これで僕たちの、れいの悪計も台無しになったというわけであった。

僕は、その夜、僕の家へ遊びにやって来た君たちに向って、われらの密計ことごとく破れ果てた事を報告し、謝罪した。けだし、僕たちの策戦たるや、かの吉良《きら》邸の絵図面を盗まんとして四十七士中の第一の美男たる岡野金右衛門が、色仕掛の苦肉の策

を用いて成功したという故智《こち》にならい、美男と自称する君にその岡野の役を押しつけ、かの菊屋一家を迷わせて、そのドサクサにまぎれ、大いに菊屋の酒を飲もうという悪い量見から出たところのものであったが、首領の大石が、ヘマを演じてかの現実主義者のおじさんのために木っ葉みじんの目に遭ったというわけであった。

「だめだなあ、先生は。」と君はさかんに僕を軽蔑《けいべつ》する。「先生はとにかく、それでは僕の面目までまるつぶれだ。何の見るべきところも無い。」

「やけ酒でも飲むか。」と僕は立ち上る。

その夜は、三鷹、吉祥寺のおでんや、すし屋、カフエなど、あちこちうろついて頼んでみても、どこにも酒が一滴も無かった。やはり、菊屋に行くより他は無い。少からず、てれくさい思いであったが、暴虎《ぼうこ》馮河《ひょうが》というような、すさんだ勢いで、菊屋へ押しかけ、にこりともせず酒をたのんだ。

その夜、僕たちはおかみさんから意外の厚遇を賜った。困るわねえ、などと言いながら、そっとお銚子をかえてくれる。われら破れかぶれの討入の義士たちは、顔を見合せて、苦笑した。

僕はわざと大声で、

「鶴田君！　君は、ふだんからどうも、酒も何も飲まず、まじめ過ぎるよ。今夜は、ひとつ飲んでみたまえ。これもまた人生修行の一つだ。」などと、大酒飲みの君に向って言う。

馬鹿らしい事であったが、しかし、あれも今ではなつかしい思い出になった。僕たちは、図に乗って、それからも、しばしば菊屋を襲って大酒を飲んだ。

菊屋のおじさんは、てんでもう、縁談なんて信用していないふうであったが、しかし、おかみさんは、どうやら、半信半疑ぐらいの傾きを示していたようであった。

けれども僕たちの目的は、菊屋に於《お》いて大いに酒を飲む事にある。従ってその縁談に於いては甚だ不熱心であり、時たま失念していたりする仕末であった。菊屋へ行ってお酒をねだる時だけ、

「何せ僕は、全権を委託されているのだからなあ。僕の責任たるや、軽くないわけだよ。」

などと、とってつけたように、思わせぶりの感慨をもらし、以《もっ》ておかみさんの心の動揺を企図したものだが、しかし、そのいつわりの縁談はそれ以上、具体化する事も無く、そのうちに君は、卒業と同時に仙台の部隊に入営して、岡野がいなくては、いかに大石、智略《ちりゃく》にたけたりとも、もはや菊屋から酒を引出す口実に窮し、またじっさい菊屋に於いても、酒が次第に少くなって休業の日が続き、僕は、またまた別な酒の

店を捜し出さなければならなくなって、君と別れて以後は、ほんの数えるほどしか菊屋に行った事は無く、そうして、やがて全く御無沙汰《ごぶさた》という形になった。

もう、それで、おしまいとばかり僕は思っていたのだが、それから一年経《た》ち、あの上野公園の茶店で、僕たちはもうこれが永遠のわかれになるかも知れないそのおわかれの盃《さかずき》をくみかわし、突然そこに菊屋の話が飛び出たので、僕はぎょっとしたのだ。

その日の、君の物語るところに依れば、君が入営して一週間目くらいに、もうはや菊川マサ子からの手紙が、君を見舞ったという。そう言えば、君の去った後、僕が他の学生たちと菊屋に飲みに行き、その時、おかみさんに君の部隊のアドレスなんかを、聞かれもせぬのに、ただただお酒をさらに一本飲みたいばかりに、紙に書いて教えてやった覚えがある。

君はその手紙には返事を出さずにいた。するとまた、十日くらい経って、さらに優しいお見舞いの言葉を書きつらねた手紙が来る。君もこんどは返事を出した。折りかえし、向うから、さらにまた優しいお見舞い。つまり、君たちは、いつのまにやら、苦しい仲になってしまっていた。

「白状しますとね。」と君は、その日、上野公園の茶屋でさかんにウイスキイをあおりながら、「僕は、はじめから、あの人を好きだったのですよ。岡野金右衛門だの何だの、そんなつまらない策略からではなく、僕は、はじめから、あの人となら本当に結婚してもいいと思っていたのですよ。でも、それを先生に言うと、先生に軽蔑されやしないかと思って、黙っていたのですがね。」

「軽蔑なんか、しやしないさ。」僕は、なぜだか、ひどく憂鬱《ゆううつ》な気持であった。

「軽蔑するにきまっていますよ。先生はもう、ひとの恋愛なんか、いつでも頭から茶化してしまうのだから。菊屋の、ほら、あの娘も、二人がこんな手紙を交換している事を、先生にだけは知らせたくない、と手紙に書いて寄こしたこともあって、僕もそれに賛成して、それでいままで、この事は先生には絶対秘密という事になっていたのですが、しかし、僕もこんど戦地へ行って、たいていまあ死ぬという事になるだろうし、ずいぶん考えました。はんもんしたんだ。そうして僕は、あの娘に対して、やっぱり、ノオと言わなければならぬ立場なのだと悟ったのです。ノオと言うのはつらいですよ。僕は、しかし、最後の手紙に、ノオと言った。心を鬼にして、ノオと言ったんだ。先生、僕は人が変りましたよ。冷酷無残の手紙を書いて出しました。きのうあたり、あの娘の手許《てもと》にとどいている筈《はず》ですが、僕はその手紙に、そもそものはじめから、つまり、僕たちのれいの悪計の事から、全部あらいざらい書いて送ってやったのです。第一歩から、この恋愛は、ふまじめなものだった。うらむなら、先生を恨め、と。」

「でも、それはひどいじゃないか。」

「まさか、そんな、先生を恨め、とは書きませんが、この恋愛は、はじめから終りまで、でたらめだったのだと書いてやりました。」

「しかし、そんな極端ないじめ方をしちゃ、可哀想《かわいそう》だ。」

「いいえ、でも、それほどまでに強く書かなくちゃ駄目なんです。彼女は、彼女は、僕の帰還を何年でも待つ、と言って寄こしているのですから。」

「悪かった、悪かった。」ほかに言いようの無い気持だった。

三

ささやかな事件かも知れない。しかし、この事件が、当時も、またいまも、僕をどんなに苦しめているかわからない。すべて、僕の責任である。僕は、あの日、君と別れて、その帰りみち、高円寺の菊屋に立寄った。実にもう、一年振りくらいの訪問であった。表の戸は、しまっている。裏へ廻ったが、台所の戸も、しまっている。「菊屋さん、菊屋さん。」と呼んだが、何の返事も無い。あきらめて家へ帰った。しかし、どうにも気がかりだ。僕はそれから十日ほど経《た》って、また高円寺へ行ってみた。こんどは、表の戸が雑作なくあいた。けれども、中には、見た事もない老婆《ろうば》がひとりいただけであった。

「あの、おじさんは？」

「菊川さんか？」

「ええ。」

「四、五日前、皆さん田舎のほうへ、引上げて行きました。」

「前から、そんな話があったのですか？」

「いいえ、急にね。荷物も大部分まだここに置いてあります。わたしは、その留守番みたいなもので。」

「田舎は、どこです。」

「埼玉のほうだとか言っていました。」

「そう。」

彼等のあわただしい移住は、それは何も僕たちに関係した事では無いかも知れないけれども、しかし、君のその「ノオ」の手紙が、僕と君が上野公園で別盃《べっぱい》をくみかわしたあの日の前後に着いたとしたら、この菊屋一家の移住は、それから四、五日後に行われた事になる。何だか、そこに、幽《かす》かでも障子の鳥影のように、かすめて通り過ぎる気がかりのものが感じられて、僕はいよいよ憂鬱《ゆううつ》になるばかりであった。

それから半年ほども経ったろうか、戦地の君から飛行郵便が来た。君は南方の或《あ》る島にいるらしい。その手紙には、別に菊屋の事は書いてなかった。千早城の正成《まさしげ》になるつもりだなどと書かれているだけであった。僕はすぐに返事を書き、正成に菊水の旗を送りたいが、しかし、君には、菊水の旗よりも、菊川の旗がお気に召すように思われる。しかし、その菊川も、その後の様子不明で困っている。わかり次第、後便でお知らせする、と言ってやったが、どうにも、彼等一家の様子をさぐる手段は無かった。それからも僕は、君に手紙を書き、また雑誌なども送ってやったが、君からの返事は、ぱったり無くなった。そのうちに、れいの空襲がはじまり、内地も戦場になって来た。僕は二度も罹災《りさい》して、とうとう、故郷の津軽の家の居候《いそうろう》という事になり、毎日、浮かぬ気持で暮している。君は未《いま》だに帰還した様子も無い。帰還したら、きっと僕のところに、その知らせの手紙が君から来るだろうと思って待っているのだが、なんの音沙汰《おとさた》も無い。君たち全部が元気で帰還しないうちは、僕は酒を飲んでも、まるで酔えない気持である。自分だけ生き残って、酒を飲んでいたって、ばからしい。ひょっとしたら、僕はもう、酒をよす事になるかも知れぬ。

（「潮流」昭和二十一年五月号）

チャンス

人生はチャンスだ。結婚もチャンスだ。恋愛もチャンスだ。と、したり顔して教える苦労人が多いけれども、私は、そうでないと思う。私は別段、れいの唯物論《ゆいぶつろん》的弁証法に媚《こ》びるわけではないが、少くとも恋愛は、チャンスでないと思う。私はそれを、意志だと思う。

しからば、恋愛とは何か。私は言う。それは非常に恥かしいものである。親子の間の愛情とか何とか、そんなものとはまるで違うものである。いま私の机の傍《そば》の辞苑《じえん》をひらいて見たら、「恋愛」を次の如《ごと》く定義していた。

「性的衝動に基づく男女間の愛情。すなわち、愛する異性と一体になろうとする特殊な性的愛。」

しかし、この定義はあいまいである。「愛する異性」とは、どんなものか。「愛する」という感情は、異性間に於《お》いて、「恋愛」以前にまた別個に存在しているものなのであろうか。異性間に於いて恋愛でもなく「愛する」というのは、どんな感情だろう。すき。いとし。ほれる。おもう。したう。こがれる。まよう。へんになる。之等《これ》は皆、恋愛の感情ではないか。これらの感情と全く違って、異性間に於いて「愛する」というまた特別の感情があるのであろうか。よくキザな女が「恋愛抜きの愛情で行きましょうよ。あなたは、あたしのお兄さまになってね」などと言う事があるけれど、あれがつまり、それであろうか。しかし、私の経験に依《よ》れば、女があんな事を言う時には、たいてい男がふられているのだと解して間違い無いようである。「愛する」もクソもありゃしない。お兄さまだなんてばからしい。誰がお前のお兄さまなんかになってやるものか。話がちがうよ。

キリストの愛、などと言い出すのは大袈裟《おおげさ》だが、あのひとの教える「隣人愛」ならばわかるのだが、恋愛でなく「異性を愛する」というのは、私にはどうも偽善のような気がしてならない。

つぎにまた、あいまいな点は、「一体になろうとする特殊な性的愛」のその「性的愛」という言葉である。

性が主なのか、愛が主なのか、卵が親か、鶏が親か、いつまでも循環するあいまい極まる概念である。性的愛、なんて言葉はこれは日本語ではないのではなかろうか。何か上品めかして言いつくろっている感じがする。

いったい日本に於いて、この「愛」という字をやたらに何にでもくっつけて、そうしてそれをどこやら文化的な高尚なものみたいな概念にでっち上げる傾きがあるようで、（そもそも私は「文化」という言葉がきらいである。文のお化けという意味であろうか。昔の日本の本には、文華または文花と書いてある）恋と言ってもよさそうなのに、恋愛、という新語を発明し、恋愛至上主義なんてのを大学の講壇で叫んで、時の文化的なる若い男女の共鳴を得たりしたようであったが、恋愛至上というから何となく高尚みたいに聞えるので、これを在来の日本語で、色慾《しきよく》至上主義と言ったら、どうであろうか。交合至上主義と言っても、意味は同じである。そんなに何も私を、にらむ事は無いじゃないか。恋愛女史よ。

つまり私は恋愛の「愛」の字、「性的愛」の「愛」の字が、気がかりでならぬのである。「愛」の美名に依って、卑猥感《ひわいかん》を隠蔽《いんぺい》せんとたくらんでいるのではなかろうかとさえ思われるのである。

「愛」は困難な事業である。それは、「神」にのみ特有の感情かも知れない。人間が人間を「愛する」というのは、なみなみならぬ事である。容易なわざではないのである。神の子は弟子たちに「七度の七十倍ゆるせ」と教えた。しかし、私たちには、七度でさえ、どうであろうか。「愛する」という言葉を、気軽に使うのは、イヤミでしかない。キザである。

「きれいなお月さまだわねえ。」なんて言って手を握り合い、夜の公園などを散歩している若い男女は、何もあれは「愛し」合っているのではない。胸中にあるものは、ただ「一体になろうとする特殊な性的煩悶《はんもん》」だけである。

それで、私がもし辞苑の編纂《へんさん》者だったならば、次のように定義するであろう。

「恋愛。好色の念を文化的に新しく言いつくろいしもの。すなわち、性欲衝動に基づく男女間の激情。具体的には、一個または数個の異性と一体になろうとあがく特殊なる性的煩悶。色欲の Warming-up とでも称すべきか。」

ここに一個または数個と記したのは、同時に二人あるいは三人の異性を恋い慕い得るという剛の者の存在をも私は聞き及んでいるからである。俗に、三角だの四角だのという馬鹿《ばか》らしい形容の恋の状態をも考慮にいれて、そのように記したのである。江戸の小咄《こばなし》にある、あの、「誰でもよい」と乳母に打ち明ける恋いわずらいの令嬢も、この数個のほうの部類にいれて差し支《つか》えなかろう。

太宰もイヤにげびて来たな、と高尚な読者は怒ったかも知れないが、私だってこんな事を平気で書いているのではない。甚《はなは》だ不愉快な気持で、それでも我慢してこうして書いているのである。

だから私は、はじめから言ってある。

恋愛とは何か。

曰《いわ》く、「それは非常に恥かしいものである」と。

その実態が、かくの如きものである以上、とてもそれは恥かしくて、口に出しては言えない言葉であるべき筈《はず》なのに、「恋愛」と臆《おく》するところ無くはっきりと発音して、きょとんとしている文化女史がその辺にもいたようであった。ましてや「恋愛至上主義」など、まあなんという破天荒、なんというグロテスク。「恋愛は神聖なり」なんて飛んでも無い事を言い出して居直ろうとして、まあ、なんという図々《ずうずう》しさ。「神聖」だなんて、もったいない。どこを押せばそんな音《ね》が出るのでしょう。色気違いじゃないかしら。口が腐りますよ。まあ、どこを押せばそんな音が出るのですか。

さて、それでは、その恋愛、すなわち色慾の Warming-up は、単にチャンスに依ってのみ開始せられるものであろうか。チャンスという異国語はこの場合、日本に於いて俗に言われる「ひょんな事」「ふとした事」「妙な縁」「きっかけ」「もののはずみ」などという意味に解してもよろしいかと思われるが、私の今日までの三十余年間の好色生活を回顧しても、そのような事から所謂《いわゆる》「恋愛」が開始せられた事は一度もなかった。「もののはずみ」で、つい、女性の繊手を握ってしまった事もなかったし、いわんや、「ふとした事」から異性と一体になろうとあがく特殊なる性的煩悶、などという壮烈な経験は、私には未だかつてないのである。

私は決して嘘《うそ》をついているのではない。まあ、おしまいまで読み給《たま》え。「もののはずみ」とか「ひょんな事」とかいうのは、非常にいやらしいものである。それは皆、拙劣きわまる演技でしかない。稲妻。あー　こわー　なんて男にしがみつく、そのわざとらしさ、いやらしさ。よせやい、と言いたい。こわかったら、ひとりで俯伏《うつぷ》したらいいじゃないか。しがみつかれた男もまた、へたくそな手つきで相手の肩を必要以上に強く抱いてしまって、こわいことない、だいじょぶ、など外人の日本語みたいなものを呟《つぶや》く。舌がもつれ、声がかすれているという情無い有様である。演技拙劣もきわまれりと言うべきである。「甘美なる恋愛」の序曲と称する「もののはずみ」とかいうものの実況は、たいていかくの如く、わざとらしく、いやらしく、あさましく、みっともないものである。

だいたいひとを馬鹿にしている。そんな下手くそな見えすいた演技を行っていながら、何かそれが天から与えられた妙な縁の如く、互いに首肯し合おうというのだから、厚かましいにも程があるというものだ。自分たちの助平の責任を、何もご存じない天の神さまに転嫁《てんか》しようとたくらむのだから、神さまだって啞然《あぜん》とせざるを得まい。まことにふとい了見である。いくら神さまが寛大だからといって、これだけは御許容なさるまい。

寝てもさめても、れいの「性的煩悶」ばかりしている故《ゆえ》に、そんな「もののはずみ」だの「きっかけ」だのでわけもなく「恋愛関係」に突入する事が出来るのかも知れないが、しかし心がそのところに無い時には、「きっかけ」も「妙な縁」もあったものでない。

いつか電車で、急停車のために私は隣りに立っている若い女性のほうによろめいた事があった。するとその女性は、けがらわしいとでもいうようなひどい嫌悪《けんお》と侮蔑《ぶべつ》の眼つきで、いつまでも私を睨《にら》んでいた。たまりかねて私は、その女性の方に向き直り、まじめに、低い声で言ってやった。

「僕が何かあなたに猥褻《わいせつ》な事でもしたのですか？　自惚《うぬぼ》れてはいけません。誰があなたみたいな女に、わざとしなだれかかるものですか。あなたご自身、性慾が強いから、そんなへんな気のまわし方をするのだと思います。」

その女性は、私の話がはじまるやいなや、ぐいとそっぽを向いてしまって、全然聞えない振りをした。馬鹿野郎！　と叫んで、ぴしゃんと頰を一つぶん殴ってやりたい気がした。かくの如く、心に色慾の無い時には、「きっかけ」も「もののはずみ」も甚だ白々しい結果に終るものなのである。よく列車などで、向い合せに坐《すわ》った女性と「ひょんな事」から恋愛関係におちいったなど、ばからしい話を聞くが、「ひょんな事」も「ふとした事」もありゃしない。はじめから、そのつもりで両方が虎視眈々《こしたんたん》、何か「きっかけ」を作ろうとしてあがきもがいた揚句の果の、ぎごちないぶざまな小細工に違いないのだ。心がそのところにあらざれば、脚がさわったって、頰がふれたって、それが「恋愛」の「きっかけ」などになる筈はないのだ。かつて私は新宿から甲府まで四時間汽車に乗り、甲府で下車しようとして立ち上り、私と向い合せに凄《すご》い美人が坐っていたのにはじめて気がつき、驚いた事がある。心に色慾の無い時は、凄いほどの美人と膝頭《ひざがしら》を接し合って四時間も坐っていながら、それに気がつかない事もあるのだ。いや、本当にこれは、事実談なのである。図に乗ってまくし立てるようだが、登楼して、おいらんと二人でぐっすり眠って、そうして朝まで、「ひょんな事」も「妙な縁」も何も無く、もちろんそれゆえ「恋愛」も何も起らず、「おや、お帰り?」「そう。ありがとう。」と一夜の宿のお礼を言ってそのまま引き上げた経験さえ私にはあった。

こんな事を言っていると、いかにも私は我慢してキザに木石を装《よそお》っている男か、或《あ》るいは、インポテンツか、或いは、実は意馬心猿なりと雖《いえど》も如何《いかん》せんもてず、振られどおしの男のように思うひともあるかも知れぬが、私は決してインポテンツでもないし、また、そんな、振られどおしの哀れな男でも無いつもりでいる。要するに私の恋の成立不成立は、チャンスに依らず、徹頭徹尾、私自身の意志に依るのである。私には、一つのチャンスさえ無かったのに、十年間の恋をし続け得た経験もあるし、また、所謂絶好のチャンスが一夜のうちに三つも四つも重っても、何の恋愛も起らなかった事もある。恋愛チャンス説は、私に於いては、全く取るにも足らぬあさはかな愚説のようにしか思われない。それを立派に証明せんとする目的を以《もっ》て、私は次に私の学生時代の或るささやかな出来事を記して置こうと思う。恋はチャンスに依らぬものだ。一夜に三つも四つも「妙な縁」やら「ふとした事」やら「思わぬきっかけ」やらが重って起っても、一向に恋愛が成立しなかった好例として、次のような私の体験を告白しようと思うのである。

あれは私が弘前《ひろさき》の高等学校にはいって、その翌年の二月のはじめ頃だったのではなかったかしら、とにかく冬の、しかも大寒《だいかん》の頃の筈である。どうしても大寒の頃でなければならぬわけがあるのだが、しかし、そのわけは、あとで言う事にして、何の宴会であったか、四五十人の宴会が弘前の或る料亭でひらかれ、私が文字どおりその末席に寒さにふるえながら坐っていた事から、この話をはじめたほうがよさそうである。

あれは何の宴会であったろう。何か文芸に関係のある宴会だったような気もする。弘前の新聞記者たち、それから町の演劇研究会みたいなもののメンバー、それから高等学校の先生、生徒など、いろいろな人たちで、かなり多人数の宴会であった。高等学校の生徒でそこに出席していたのは、ほとんど上級生ばかりで、一年生は、私ひとりであったような気がする。とにかく、私は末席であった。絣《かすり》の着物に袴《はかま》をはいて、小さくなって坐っていた。芸者が私の前に来て坐って、

「お酒は？　飲めないの？」

「だめなんだ。」

当時、私はまだ日本酒が飲めなかった。あのにおいが厭《いや》でたまらなかった。ビイルも飲めなかった。にがくて、とても、いけなかった。ポートワインとか、白酒とか、甘味のある酒でなければ飲めなかった。

「あなたは、義太夫《ぎだゆう》をおすきなの？」

「どうして？」

「去年の暮に、あなたは小土佐を聞きにいらしてたわね。」

「そう。」

「あの時、あたしはあなたの傍にいたのよ。あなたは稽古本《けいこ》なんか出して、何だか印をつけたりして、きざだったわね。お稽古も、やってるの？」

「やっている。」

「感心ね。お師匠さんは誰？」

「咲栄太夫さん。」

「そう。いいお師匠さんについたわね。あのかたは、この弘前では一ばん上手よ。それにおとなしくて、いいひとだわ。」

「そう。いいひとだ。」

「あんなひと、すき？」

「師匠だもの。」

「師匠だからどうなの？」

「そんな、すきだのきらいだのって、あのひとに失敬だ。あのひとは本当にまじめなひとなんだ。すきだのきらいだの。そんな、馬鹿な。」

「おや、そうですか。いやに固苦しいのね。あなたはこれまで芸者遊びをした事なんかあるの？」

「これからやろうと思っている。」

「そんなら、あたしを呼んでね。あたしの名はね、おしのというのよ。忘れないようにね。」

昔のくだらない花柳小説なんていうものに、よくこんな場面があって、そうして、それが「妙な縁」という事になり、そこから恋愛がはじまるという陳腐な趣向が少くなかったようであるが、しかし、私のこの体験談に於《お》いては、何の恋愛もはじまらなかった。したがってこれはちっとも私のおのろけというわけのものではないから、読者も警戒御無用にしていただきたい。

宴会が終って私は料亭から出た。粉雪が降っている。ひどく寒い。

「待ってよ。」

芸者は酔っている。お高祖頭巾《こそずきん》をかぶっている。私は立ちどまって待った。

そうして私は、或る小さい料亭に案内せられた。女は、そこの抱え芸者とでもいうようなものであったらしい。奥の部屋に通されて、私は炬燵《こたつ》にあたった。

女はお酒や料理を自分で部屋に運んで来て、それからその家の朋輩《ほうばい》らしい芸者を二人呼んだ。みな紋附を着ていた。なぜ紋附を着ていたのか私にはわからなかったが、とにかく、その酔っているお篠《しの》という芸者も、その朋輩の芸者も、みな紋の附いた裾《すそ》の長い着物を着ていた。

お篠は、二人の朋輩を前にして、宣言した。

「あたしは、こんどは、このひとを好きになる事にしましたから、そのつもりでいて下さい。」

二人の朋輩は、イヤな顔をした。そうして、二人で顔を見合せ、何か眼で語り、それから二人のうちの若いほうの芸者が膝を少しすすめて、

「ねえさん、それは本気？」と怒っているような口調で問うた。

「ああ、本気だとも、本気だとも。」

「だめですよ。間違っています。」と若い子は眉《まゆ》をひそめてまじめに言い、それから私にはよくわからない「花柳隠語」とでもいうような妙な言葉をつかって、三人の紋附の芸者が大いに言い争いをはじめた。

しかし、私の思いは、ただ一点に向って凝結されていたのである。炬燵の上にはお料理のお膳が載せられてある。そのお膳《ぜん》の一隅に、雀《すずめ》焼きの皿がある。私はその雀焼きが食いたくてならぬのだ。頃しも季節は大寒である。大寒の雀の肉には、こってりと油が乗っていて最もおいしいのである。寒雀《かんすずめ》と言って、この大寒の雀は、津軽の童児の人気者で、罠《わな》やら何やらさまざまの仕掛けをしてこの人気者をひっとらえては、塩焼きにして骨ごとたべるのである。ラムネの玉くらいの小さい頭も全部ばりばり嚙《か》みくだいてたべるのである。頭の中の味噌《みそ》はまた素敵においしいという事になっていた。甚だ野蛮な事には違いないが、その独特の味覚の魅力に打ち勝つ事が出来ず、私なども子供の頃には、やはりこの寒雀を追いまわしたものだ。

お篠さんが紋附の長い裾をひきずって、そのお料理のお膳を捧《ささ》げて部屋へはいって来て、（すらりとしたからだつきで、細面《ほそおもて》の古風な美人型のひとであった。としは、二十二、三くらいであったろうか。あとで聞いた事だが、その弘前の或る有力者のお妾《めかけ》で、まあ、当時は一流のねえさんであったようである）そうして、私のあたってゐる炬燵の上に置いた瞬間、既に私はそのお膳の一隅に雀焼きを発見し、や、寒雀！と内心ひそかに狂喜したのである。たべたかった。しかし、私はかなりの見栄《みえ》坊《ぼう》であった。紋附を着た美しい芸者三人に取りまかれて、ばりばりと寒雀を骨ごと嚙みくだいて見せる勇気はなかった。ああ、あの頭の中の味噌はどんなにかおいしいだろう。と思えば、寒雀もずいぶんしばらく食べなかったな、と悶《もだ》えても、猛然とそれを頰張る蛮勇は無いのである。私は仕方なく銀杏《ぎんなん》の実を爪楊枝《つまようじ》でつついて食べたりしていた。

しかし、どうしても、あきらめ切れない。

一方、女どもの言い争いは、いつまでもごたごた続いている。

私は立上って、帰ると言った。

お篠は、送ると言った。私たちは、どやどやと玄関に出た。あ、ちょっと、と言って、私は飛鳥の如《ごと》く奥の部屋に引返し、ぎょろりと凄くあたりを見廻し、矢庭にお膳の寒雀二羽を摑《つか》んでふところにねじ込み、それからゆっくり玄関へ出て行って、

「わすれもの。」と嗄《しやが》れた声で嘘《うそ》を言った。

お篠はお高祖頭巾をかぶって、おとなしく私の後について来た。私は早く下宿へ行って、ゆっくり二羽の寒雀を食べたいとそればかり思っていた。二人は雪路を歩きながら、格別なんの会話も無い。

下宿の門はしまっていた。

「ああ、いけない。しめだしを食っちゃった。」

その家の御主人は厳格なひとで、私の帰宅のおそすぎる時には、こらしめの意味で門をしめてしまうのである。

「いいわよ。」とお篠は落ちついて、「知ってる旅館がありますから。」

引返して、そのお篠の知っている旅館に案内してもらった。かなり上等の宿屋である。お篠は戸を叩《たた》いて番頭を起し、私の事をたのんだ。

「さようなら。どうも、ありがとう。」と私は言った。

「さようなら。」とお篠も言った。

これでよし、あとはひとりで雀焼きという事になる。私は部屋に通され、番頭の敷いてくれた蒲団にさっさともぐり込んで、さて、これからゆっくり寒雀をと思ったとたんに玄関で、

「番頭さん！」と呼ぶお篠の声。私は、ぎょっとして耳をすました。

「あのね、下駄《げた》の鼻緒を切らしちゃったの。お願いだから、すげてね。あたしその間、お客さんの部屋で待ってるわ。」

これはいけない、と私は枕元《まくらもと》の雀焼きを掛蒲団《かけぶとん》の下にかくした。

お篠は部屋へはいって来て、私の枕元にきちんと坐《すわ》り、何だか、いろいろ話しかける。私は眠そうな声で、いい加減の返辞をしている。掛蒲団の下には雀焼きがある。とうとうお篠とは、これほどたくさんのチャンスがあったのに、恋愛のレの字も起らなかった。お篠はいつまでも私の枕元に坐っていて、そうしてこう言った。

「あたしを、いやなの。」

私はそれに対してこう答えた。

「いやじゃないけど、ねむくって。」

「そう。それじゃまたね。」

「ああ、おやすみ。」と私のほうから言った。

「おやすみなさい。」

とお篠も言って、やっと立ち上った。

そうして、それだけであった。その後、私は芸者遊びなど大いにするようになったが、なぜだか弘前で遊ぶのは気がひけて、おもに青森の芸者と遊んだ。問題の雀焼きは、お篠の退去後に食べたか、または興覚めて棄《す》てちゃったか、思い出せない。さすがに、食べるのがいやになって、棄てちゃったような気もする。

これが即《すなわ》ち、恋はチャンスに依《よ》らぬものだ、一夜のうちに「妙な縁」やら「ふとした事」やら「もののはずみ」やらが三つも四つも重って起っても、或《あ》る強固な意志のために、一向に恋愛が成立しないという事の例証である。ただもう「ふとした事」で恋愛が成立するものとしたら、それは実に卑猥《ひわい》な世相になってしまうであろう。恋愛は意志に依るべきである。恋愛チャンス説は、淫乱《いんらん》に近い。それではもう一つの、何のチャンスも無かったのに、十年間の恋をし続け得た経験とはどんなものであるかと読者にたずねられたならば、私は次のように答えるであろう。それは、片恋というものであって、そうして、片恋というものこそ常に恋の最高の姿である。

庭訓《ていきん》。恋愛に限らず、人生すべてチャンスに乗ずるのは、げびた事である。

（「芸術」昭和二十一年七月号）

女神

れいの、璽光尊《じこうそん》とかいうひとの騒ぎの、すこし前に、あれとやや似た事件が、私の身辺に於《お》いても起った。

私は故郷の津軽で、約一年三箇月間、所謂疎開《いわゆるそかい》生活をして、そうして昨年の十一月に、また東京へ舞い戻って来て、久し振りで東京のさまざまの知人たちと旧交をあたためる事を得たわけであるが、細田氏の突然の来訪は、その中でも最も印象の深いものであった。

細田氏は、大戦の前は、愛国悲詩、とでもいったような、おそろしくあまい詩を書いて売ったり、またドイツ語も、すこし出来るらしく、ハイネの詩など訳して売ったり、また女学校の臨時雇いの教師になったりして、甚《はなは》だ漠然たる生活をしていた人物であった。としは私より二つ三つ多い筈《はず》だが、額がせまく漆黒の美髪には、いつもポマードがこってりと塗られ、新しい形の縁無し眼鏡をかけ、おまけに頰は桜色と来ているので、かえって私より四つ五つ年下のようにも見えた。瘦型《やせ》で、小柄な人であったが、その服装には、それこそいちぶのスキも無い、と言っても過言では無いくらいのもので、雨の日には必ずオーバーシュウズというものを靴の上にかぶせてはいて歩いていた。

なかなか笑わないひとで、その点はちょっと私には気づまりであったが、新宿のスタンドバアで知り合いになり、それから時々、彼はお酒を持参で私の家へ遊びに来て、だんだん互いにいい飲み相手を見つけたという形になってしまったのである。

大戦がはじまって、日一日と私たちの生活が苦しくなって来た頃、彼は、この戦争は永くつづきます、軍の方針としては、内地から全部兵を引き上げさせて満洲《まんしゅう》に移し、満洲に於いて決戦を行うという事になっているらしいです、だから私は女房を連れて満洲に疎開します、満洲は当分最も安全らしいです、勤め口はいくらでもあるようですし、それにお酒もずいぶんたくさんあるという事です、いかがです、あなたも、と私に言った。私は、それに答えて、あなたはそりゃ、お子さんも無いし、奥さんと二人で身軽にどこへでも行けるでしょうが、私はどうも子持ちですからね、ままになりません、と言った。すると彼は、私に同情するような眼つきをして、私の顔をしげしげと見て、黙した。

やがて彼は奥さんと一緒に満洲へ行き、満洲の或《あ》る出版会社に夫婦共に勤めたようで、そのような事をしたためた葉書を私は一枚いただいて、それっきり私たちの附合いは絶えた。

その細田氏が、去年の暮に突然、私の三鷹《みたか》の家へ訪れて来たのである。

「細田です。」

そう名乗られて、はじめて、あ、と気附いたくらい、それほど細田氏の様子は変っていた。あのおしゃれな人が、軍服のようなカーキ色の詰襟《つめえり》の服を着て、頭は丸坊主《まるぼうず》で、眼鏡も野暮な形のロイド眼鏡で、そうして顔色は悪く、不精鬚《ぶしょうひげ》を生やし、ほとんど別人の感じであった。

部屋へあがって、座ぶとんに膝《ひざ》を折って正坐《せいざ》し、

「私は、正気ですよ。正気ですよ。いいですか？　信じますか？」

とにこりともせず、そう言った。

はてな？　とも思ったが、私は笑って、

「なんですか？　どうしたのです。あぐらになさいませんか、あぐらに。」

と言ったら、彼は立ち上り、

「ちょっと、手を洗わせて下さい。それから、あなたも、手を洗って下さい。」

と言う。

こりゃもうてっきり、と私は即断を下した。

「井戸は、玄関のわきでしたね。一緒に洗いましょう。」

と私を誘う。

私はいまいましい気持で、彼のうしろについて外へ出て井戸端に行き、かわるがわる無言でポンプを押して手を洗い合った。

「うがいして下さい。」

彼にならって、私も意味のわからぬうがいをする。

「握手！」

私はその命令にも従った。

「接吻《せっぷん》！」

「かんべんしてくれ。」

私はその命令にだけは従わなかった。

彼は薄く笑って、

「いまに事情がわかれば、あなたのほうから私に接吻を求めるようになるでしょう。」

と言った。

部屋に帰って、卓をへだてて再び対坐《たいざ》し、

「おどろいてはいけませんよ。いいですか？　実は、あなたと私とは、兄弟なのです。同じ母から生れた子です。そう言われてみると、あなたも、何か思い当るところがあるでしょう。もちろん私は、あなたより年上ですから、兄で、そうしてあなたは弟です。それから、これは、当分は秘密にして置いたほうがいいかも知れませんが、私たちには、もうひとりの兄があるのです。その兄は、」いかに言論の自由とは言っても、それは少しここに書くのがはばかりのあるくらいの、大偉人の名を彼は平然と誇らしげに述べて、「いいですか？　これは確実な事ですが、しかし、当分は秘密にして置いたほうがいいでしょう。民衆の誤解を招いてもつまりませんからね。この我々三人の兄弟が、これから力を合せて、文化日本の建設に努めなければならぬのです。これを私に教えてくれたのは、私たちの母です。おどろいてはいけませんよ。私たち三人の生みの母は、実は私のうちの女房であったのです。うちの女房は、戸籍のほうでは、三十四歳という事になっていますが、それはこの世の仮《かり》の年齢で、実は、何百歳だかわからぬのです。ずっとずっと昔から、同じ若さを保って、この日本の移り変りを、黙って眺めていたというわけです。それがこの終戦後の、日本はじまって以来の大混乱の姿を見て、もはや黙すべからずと、かれの本性を私に打ち明け、また私の兄と弟とを指摘して兄弟三人、力を合せて日本を救え、他の男は皆だめだと言ったのです。私たちの母の説に依《よ》れば、百年ほど前から既に世界は、男性衰微の時代にはいっているのだそうでして、肉体的にも精神的にも、男性の疲労がはじまり、もう何をやっても、ろくな仕事が出来ない劣等の種族になりつつあるのだそうで、これからはすべて男性の仕事は、女性がかわってやるべき時なのだそうです。女房が、いや、母が、私にその事を打ち明けてくれたのは、満洲から引揚げの船中に於いてでありましたが、私はその時には肉体的にも精神的にも、疲労こんぱいの極に達していまして、いやもう本当に、満洲では苦労しまして、あまりひもじくて馬の骨をかじってみた事さえありまして、そうして日一日と目立って瘦せて行きますのに、女房は、いや、母は、まことに粗食で、おいしいものを一つも食べず、何かおいしいものでも手にはいるとみんな私に食べさせ、それでいて、いつも白く丸々と太り、力も私の倍くらいあるらしく、とても私には背負い切れない重い荷物を、らくらくと背負って、その上にまた両手に風呂敷《ふろしき》包などさげて歩けるという有様ですので、つくづく私も不思議に感じ、引揚げの船の中で、どうしてお前はそんなにいつも元気なのかね、お前ばかりでなく、この引揚げの船の中に乗っている女のひと全部が、男のひとは例外なく瘦せて半病人のようになっているのに、自信満々の勢いを示している、何かそこに大きな理由が無くてはかなわぬ、その理由は何だ、とたずねますと、女房はにこにこ笑いまして、実は、と言い、男性衰微時代が百年前からはじまっている事、これからはすべて女性の力にすがらなければ世の中が自滅するだろうという事、その女性のかしらは私自身で、私は実は女神だという事、男の子が三人あって、この三人の子だけは、女神のおかげで衰弱せず、これからも女性に隷属《れいぞく》する事なく、男性と女性の融和を図り、以《もっ》て文化日本の建設を立派に成功せしむる大人物の筈である事、だからあなたも、元気を出して、日本に帰ったら、二人の兄弟と力を合せて、女神の子たる真価を発揮するように心掛けるべきです、とここにはじめて、いっさいの秘密が語り明かされたというわけなのです。それを聞いて私は、にわかに元気が出て、いまはもう二日ものを食わなくても平気になりました。私たちは、女神の子ですから、いかに貧乏をしても絶対に衰弱する事は無いんです。あなたもどうか、奮起して下さい。私は正気です。落ちついています。私の言う事は、信じなければいけません。」

まぎれもない狂人である。満洲で苦労の結果の発狂であろう。或いは外地の悪質の性病に犯されたせいかも知れない。気の毒とも可哀想《かわいそう》とも悲惨とも、何とも言いようのないつらい気持で、彼の痴語を聞きながら、私は何度も眼蓋《まぶた》の熱くなるのを意識した。

「わかりました。」

私は、ただそう言った。

彼は、はじめて莞爾《かんじ》と笑って、

「ああ、あなたは、やっぱり、わかって下さる。あなたなら、私の言う事を必ず全部、信じてくれるだろうとは思っていたのですが、やっぱり、血をわけた兄弟だけあって、わかりが早いですね。接吻しましょう。」

「いや、その必要は無いでしょう。」

「そうでしょうか。それじゃ、そろそろ出掛ける事にしましょうか。」

「どこへです？」

三人兄弟の長兄に、これから逢《あ》いに行くのだという。

「インフレーションがね、このままでは駄目なのです。母がそう言っているんです。とにかく、一ばん上の兄さんに逢って、よく相談しなくちゃいけないんです。母の意見に依りますと、日本の紙幣には、必ずグロテスクな顔の鬚をはやした男の写真が載っているけれども、あれがインフレーションの原因だというのです。紙幣には、女の全裸の姿か、あるいは女の大笑いの顔を印刷すべきなんだそうです。そう言われてみると、ドイツ語でもフランス語でも、貨幣はちゃんと女性名詞という事になっていますからね。鬚だらけのお爺《じい》さんのおそろしい顔などを印刷するのは、たしかに政府の失策ですよ。日本の全部の紙幣に、私たちの母の女神の大笑いをしている顔でも印刷して発行したなら、日本のインフレーションは、ただちにおさまるというわけです。

日本のインフレーションは、もう一日も放置すべからざる、どたん場に来ているんですからね。手当が一日でもおくれたらもう、それっきりです。一刻の猶予《ゆうよ》もならんのです。すぐまいりましょう。」

と言って、立ち上る。

私は一緒に行くべきかどうか迷った。いま彼をひとりで、外へ出すのも気がかりであった。この勢いだと、彼は本当にその一ばん上の兄さんの居所に押しかけて行って大騒ぎを起さぬとも限らぬ。そうして、その門前に於いて、彼の肉親の弟だという私(太宰)の名前をも口走り、私が彼の一味のように誤解せられる事などあっては、たまらぬ。彼をこのまま、ひとりで外へ出すのは危険である。

「だいたいわかりましたけれども、私は、その一ばん上の兄さんに逢う前に、私たちのお母さんに逢って、直接またいろいろとお話を伺ってみたいと思います。まず、さいしょに、私をお母さんのところに連れて行って下さい。」

細君の許《もと》に送りとどけるのが、最も無難だと思ったのである。私は彼の細君とは、まだいちども逢った事が無い。彼は北海道の産であるが、細君は東京人で、そうして新劇の女優などもした事があり、互いに好き合って一緒になったとか、彼から聞いた事がある。なかなかの美人だという事を、他のひとから知らされたりしたが、しかし、私はいちどもお目にかかった事が無かったのである。

いずれにしても、その日、私は彼の悲惨な痴語を聞いて、その女を、非常に不愉快に感じたのである。いやしくも知識人の彼に、このようなあさましい不潔なたわごとをわめかせるに到らしめた責任の大半は彼女に在るのは明らかである。彼女もまた発狂しているのかどうか、それは逢ってみなければ、ただ彼の話だけではわからぬけれども、彼にとって彼の細君は、まさしく悪魔の役を演じているのは、たしかである。これから、彼の家へ行って細君に逢い、場合に依っては、その女神とやらの面皮をひんむいてやろうと考え、普段着の和服に二重廻しをひっかけ、

「それでは、おともしましょう。」

と言った。

外へ出ても、彼の興奮は、いっこうに鎮《しず》まらず、まるでもう踊りながら歩いているというような情ない有様で、

「きょうは実に、よい日ですね。奇蹟《きせき》の日です。昭和十二年十二月十二日でしょう？しかも、十二時に、私たち兄弟はそろって母に逢いに出発した。まさに神のお導きですね。十二という数は、六でも割れる、三でも割れる、四でも割れる、二でも割れる、実に神聖な数ですからね。」

と言ったが、その日は、もちろん昭和十二年の十二月の十二日なんかではなかった。時刻も既に午後三時近かった。そのときの実際の年月日時刻のうちで、六で割れる数は、十二月だけだった。

彼のいま住んでいるところは、立川市だというので、私たちは三鷹駅から省線に乗った。省線はかなり混《こ》んでいたが、彼は乗客を乱暴に掻《か》きわけて、入口から吊皮《つりかわ》を、ひいふうみいと大声で数えて十二番目の吊皮につかまり、私にもその吊皮に一緒につかまるように命じ、

「立川というのを英語でいうなら、スタンデングリバー。いくつの英字から成り立っているか、指を折って勘定してごらんなさい。スタンデングリバーでしょう？　スタンデングリバー。そうれ、十二でしょう？　十二です。」

しかし、私の勘定では、十三であった。

「たしかに、立川は神聖な土地なのです。三鷹、立川。うむ、この二つの土地に何か神聖なつながりが、あるようですね。ええっと、三鷹を英語で言うなら、スリー、……スリー、スリー、ええっと、英語で鷹《たか》を何と言いましたかね、ドイツ語なら、デルファルケだけれども、英語は、イーグル、いやあれは違うか、とにかく十二になる筈です。」

私はさすがに、うんざりして、矢庭に彼をぶん殴ってやりたい衝動さえ感じた。立川で降りて、彼のアパートに到る途中に於《お》いても、彼のそのような愚劣極まる御託宣をさんざん聞かされ、

「ここです、どうぞ。」

と、竹藪《たけやぶ》にかこまれ、荒廃した病院のような感じの彼のアパートに導かれた時には、すでにあたりが薄暗くなり、寒気も一段ときびしさを加えて来たように思われた。

彼の部屋は、二階に在った。

「お母さん、ただいま。」

彼は部屋へ入るなり、正坐《せいざ》してぴたりと畳に両手をついてお辞儀をした。

「おかえりなさい。寒かったでしょう？」

細君は、お勝手のカーテンから顔を出して笑った。健康そうな、普通の女性である。しかも、思わず瞠若《どうじゃく》してしまうくらいの美しいひとであった。

「きょうは、弟を連れて来ました。」

と彼は私を、細君に引き合した。

「あら。」

と小さく叫んで、素早くエプロンをはずし、私の斜め前に膝《ひざ》をついた。

私は、私の名前を言ってお辞儀した。

「まあ、それは、それは。いつも、もう細田がお世話になりまして、いちどわたくしもご挨拶《あいさつ》に伺いたいと存じながら、しつれいしておりまして、本当にまあ、きょうは、ようこそ、……」

云々《うんぬん》と、普通の女の挨拶を述べるばかりで、すこしも狂信者らしい影が無い。

「うむ、これで母と子の対面もすんだ。それでは、いよいよインフレーションの救助に乗り出す事にしましょう。まず、新鮮な水を飲まなければいけない。お母さん、薬《や》罐《かん》を貸して下さい。私が井戸から汲《く》んでまいります。」

細田氏ひとりは、昂然《こうぜん》たるものである。

「はい、はい。」

何気ないような快活な返事をして、細君は彼に薬罐を手渡す。

彼が部屋を出てから、すぐに私は細君にたずねた。

「いつから、あんなになったのですか？」

「え？」

と、私の質問の意味がわからないような目つきで、無心らしく反問する。

私のほうで少しあわて気味になり、

「あの、細田さん、すこし興奮していらっしゃるようですけど。」

「はあ、そうでしょうかしら。」

と言って笑った。

「大丈夫なんですか？」

「いつも、おどけた事ばかり言って、……」

平然たるものである。

この女は、夫の発狂に気附いていないのだろうか。私は頗《すこぶ》る戸惑った。

「お酒でもあるといいんですけど、」と言って立ち上り、電燈《でんとう》のスイッチをひねって、

「このごろ細田は禁酒いたしましたもので、配給のお酒もよそへ廻してしまいまして、何もございませんで、失礼ですけど、こんなものでも、いかがでございますか。」

と落ちついて言って私に蜜柑《みかん》などをすすめる。電気をつけてみると、部屋が小綺麗《こぎれい》に整頓《せいとん》せられているのがわかり、とても狂人の住んでいる部屋とは思えない。幸福な家庭の匂いさえするのである。

「いやもう何も、おかまいなく。私はこれで失礼しましょう。細田さんが何だか興奮していらっしゃるようでしたから、心配して、お宅まで送ってまいりましたのです。では、どうか、細田さんによろしく。」

引きとめられるのを振り切って、私はアパートを辞し、はなはだ浮かぬ気持で師走《しわす》の霧の中を歩いて、立川駅前の屋台で大酒を飲んで帰宅した。

わからない。

少しもわからない。

私は、おそい夕ごはんを食べながら、きょうの事件をこまかに家の者に告げた。

「いろいろな事があるのね。」

家の者は、たいして驚いた顔もせず、ただそう呟《つぶや》いただけである。

「しかし、あの細君は、どういう気持でいるんだろうね。まるで、おれには、わからない。」

「狂ったって、狂わなくたって、同じ様なものですからね。あなたもそうだし、あなたのお仲間も、たいていそうらしいじゃありませんか。禁酒なさったんで、奥さんはかえって喜んでいらっしゃるでしょう。あなたみたいに、ほうぼうの酒場にたいへんな借金までこさえて飲んで廻るよりは、罪が無くっていいじゃないの。お母さんだの、女神だのと言われて、大事にされて。」

私は眉間《みけん》を割られた気持で、

「お前も女神になりたいのか?」

とたずねた。

家の者は、笑って、

「わるくないわ。」

と言った。


（「日本小説」昭和二十二年五月号）

犯人

「僕はあなたを愛しています」とブールミンは言った「心から、あなたを、愛しています」

マリヤ・ガヴリーロヴナは、さっと顔をあからめて、いよいよ深くうなだれた。

——プウシキン（吹雪）

なんという平凡。わかい男女の恋の会話は、いや、案外おとなどうしの恋の会話も、はたで聞いては、その陳腐、きざったらしさに全身鳥肌の立つ思いがする。

けれども、これは、笑ってばかりもすまされぬ。おそろしい事件が起った。

同じ会社に勤めている若い男と若い女である。男は二十六歳、鶴田慶助。同僚は、鶴、鶴、と呼んでいる。女は、二十一歳、小森ひでで、同僚は、森ちゃん、と呼んでいる。鶴と、森ちゃんとは、好き合っている。

晩秋の或《あ》る日曜日、ふたりは東京郊外の井の頭公園であいびきをした。午前十時。

時刻も悪ければ、場所も悪かった。けれども二人には、金が無かった。いばらの奥深く搔《か》きわけて行っても、すぐ傍《そば》を分別顔の、子供づれの家族がとおる。ふたり切りになれない。ふたりは、お互いに、ふたり切りになりたくてたまらないのに、でも、それを相手に見破られるのが羞《はず》かしいので、空の蒼《あお》さ、紅葉のはかなさ、美しさ、空気の清浄、社会の混沌《こんとん》、正直者は馬鹿《ばか》を見る、等という事を、すべて上の空で語り合い、お弁当はわけ合って食べ、詩以外には何も念頭に無いというあどけない表情を努めて、晩秋の寒さをこらえ、午後三時には、さすがに男は浮かぬ顔になり、

「帰ろうか。」

と言う。

「そうね。」

と女は言い、それから一言、つまらぬことを口走った。

「一緒に帰れるお家があったら、幸福ね。帰って、火をおこして、……三畳一間でも、……」

笑ってはいけない。恋の会話は、かならずこのように陳腐なものだが、しかし、この一言が、若い男の胸を、柄《つか》もとおれと突き刺した。

部屋。

鶴は会社の世田谷《せたがや》の寮にいた。六畳一間に、同僚と三人の起居である。森ちゃんは高円寺の、叔母の家に寄寓《きぐう》。会社から帰ると、女中がわりに立ち働く。

鶴の姉は、三鷹《みたか》の小さい肉屋に嫁いでいる。あそこの家の二階が二間。

鶴はその日、森ちゃんを吉祥寺駅まで送って、森ちゃんには高円寺行きの切符を、自分は三鷹行きの切符を買い、プラットフオムの混雑にまぎれて、そっと森ちゃんの手を握ってから、別れた。部屋を見つける、という意味で手を握ったのである。

「や、いらっしゃい。」

店では小僧がひとり、肉切庖丁《ぼうちょう》をといでいる。

「兄さんは？」

「おでかけです。」

「どこへ？」

「寄り合い。」

「また、飲みだな？」

義兄は大酒飲みである。家で神妙に働いている事は珍らしい。

「姉さんはいるだろう。」

「ええ、二階でしょう？」

「あがるぜ。」

姉は、ことしの春に生れた女の子に乳をふくませ添寝していた。

「貸してもいいって、兄さんは言っていたんだよ。」

「そりゃそう言ったかも知れないけど、あのひとの一存では、きめられませんよ。私のほうにも都合があります。」

「どんな都合？」

「そんな事は、お前さんに言う必要は無い。」

「パンパンに貸すのか？」

「そうでしょう。」

「姉さん、僕はこんど結婚するんだぜ。たのむから貸してくれ。」

「お前さんの月給はいくらなの？　自分ひとりでも食べて行けないくせに。部屋代がいまどれくらいか、知ってるのかい。」

「そりゃ、女のひとにも、いくらか助けてもらって、……」

「鏡を見たことがある？　女にみつがせる顔かね。」

「そうか。いい。たのまない。」

立って、二階から降り、あきらめきれず、むらむらと憎しみが燃えて逆上し、店の肉切庖丁を一本手にとって、

「姉さんが要るそうだ。貸して。」

と言い捨て階段をかけ上り、いきなり、やった。

姉は声も立てずにたおれ、血は噴出して鶴の顔にかかる。部屋の隅にあった子供のおしめで顔を拭《ふ》き、荒い呼吸をしながら下の部屋へ行き、店の売上げを入れてある手文庫から数千円わしづかみにしてジャンパーのポケットにねじ込み、店にはその時お客が二、三人かたまってはいって来て、小僧はいそがしく、

「お帰りですか？」

「そう。兄さんによろしく。」

外へ出る。黄昏《たそが》れて霧が立ちこめ、会社のひけどきの混雑。掻きわけて駅にすすむ。東京までの切符を買う。プラットフォムで、上りの電車を待っているあいだの永かったこと。わっ！　と叫び出したい発作。悪寒《おかん》。尿意。自分で自分の身の上が、信じられなかった。他人の表情がみな、のどかに、平和に見えて、薄暗いプラットフォムに、ひとり離れて立ちつくし、ただ荒い呼吸をし続けている。

ほんの四、五分待っていただけなのだが、すくなくとも三十分は待った心地である。電車が来た。混《こ》んでいる。乗る。電車の中は、人の体温で生あたたかく、そうして、ひどく速力が鈍い。電車の中で、走りたい気持。

吉祥寺、西荻窪《にしおぎくぼ》、……おそい、実にのろい。電車の窓のひび割れたガラスの、そのひびの波状の線のとおりに指先をたどらせ、撫《な》でさすって思わず、悲しい重い溜息《ためいき》をもらした。

高円寺。降りようか。一瞬ぐらぐらめまいした。森ちゃんに一目あいたくて、全身が熱くなった。姉を殺した記憶もふっ飛ぶ。いまはただ、部屋を借りられなかった失敗の残念だけが、鶴の胸をしめつける。ふたり一緒に会社から帰って、火をおこして、笑い合いながら夕食して、ラジオを聞いて寝る、その部屋が、借りられなかった口惜しさ。人を殺した恐怖など、その無念の情にくらべると、もののかずでないのは、こいをしている若者の場合、きわめて当然の事なのである。

　烈《はげ》しく動揺して、一歩、扉口《とぐち》のほうに向って踏み出した時、高円寺発車。すっと扉が閉じられる。

　ジャンパーのポケットに手をつっ込むと、おびただしい紙屑《かみくず》が指先に当る。何だろう。はっと気がつく。金だ。ほのぼのと救われる。よし、遊ぼう。鶴は若い男である。

　東京駅下車。ことしの春、よその会社と野球の試合をして、勝って、その時、上役に連れられて、日本橋の「さくら」という待合に行き、スズメという鶴よりも二つ三つ年上の芸者にもてた。それから、飲食店閉鎖の命令の出る直前に、もういちど、上役のお供で「さくら」に行き、スズメに逢《あ》った。

「閉鎖になっても、この家へおいでになって私を呼んで下さったら、いつでも逢えますわよ。」

　鶴はそれを思い出し、午後七時、日本橋の「さくら」の玄関に立ち、落ちついて彼の会社の名を告げ、スズメに用事がある、と少し顔を赤くして言い、女中にも誰にもあやしまれず、奥の二階の部屋に通され、早速ドテラに着かえながら、お風呂《ふろ》は？

とたずね、どうぞ、と案内せられ、その時、

「ひとりものは、つらいよ。ついでにお洗濯だ。」

とはにかんだ顔をして言って、すこし血痕《けっこん》のついているワイシャツとカラアをかかえ込み、

「あら、こちらで致しますわ。」

と女中に言われて、

「いや、馴《な》れているんです。うまいものです。」

と極めて自然に断る。

血痕はなかなか落ちなかった。洗濯をすまし、鬚《ひげ》を剃《そ》って、いい男になり、部屋へ帰って、洗濯物は衣桁《いこう》にかけ、他の衣類をたんねんに調べて血痕のついていないのを見とどけ、それからお茶をつづけさまに三杯飲み、ごろりと寝ころがって眼をとじたが、寝ておられず、むっくり起き上ったところへ、素人《しろうと》ふうに装《よそお》ったスズメがやって来て、

「おや、しばらく。」

「酒が手にはいらないかね。」

「はいりますでしょう。ウイスキイでも、いいの？」

「かまわない。買ってくれ。」

ジャンパーのポケットから、一つかみの百円紙幣を取り出して、投げてやる。

「こんなに、たくさん要らないわよ。」

「要るだけ、とればいいじゃないか。」

「おあずかり致します。」

「ついでに、たばこもね。」

「たばこは？」

「軽いのがいい。手巻きは、ごめんだよ。」

スズメが部屋から出て行ったとたんに、停電。まっくら闇《やみ》の中で、鶴は、にわかにおそろしくなった。ひそひそ何か話声が聞える。しかし、それは空耳だった。廊下で、忍ぶ足音が聞える。しかし、それも空耳であった。鶴は呼吸が苦しく、大声挙げて泣きたいと思ったが、一滴の涙も出なかった。ただ、胸の鼓動が異様に劇《はげ》しく、脚が抜けるようにだるかった。鶴は寝ころび、右腕を両眼に強く押しあて、泣く真似《まね》をした。

そうして小声で、森ちゃんごめんよ、と言った。

「こんばんは。慶ちゃん。」鶴の名は、慶助である。

蚊の泣くような細い女の声で、そう言うのを、たしかに聞き、髪の逆立つ思いで狂ったようにはね起き、襖《ふすま》をあけて廊下に飛び出た。廊下は、しんの闇で、遠くから幽《かす》かに電車の音が聞えた。

階段の下が、ほの明るくなり、豆ランプを持ったスズメがあらわれ、鶴を見ておどろき、

「ま、あなた、何をしていらっしゃる。」

豆ランプの光で見るスズメの顔は醜くかった。森ちゃんが、こいしい。

「ひとりで、こわかったんだよ。」

「闇屋さん、闇におどろく。」

自分があのお金を、何か闇商売でもやってもうけたものと、スズメが思い込んでいるらしいのを知って、鶴は、ちょっと気が軽くなり、はしゃぎたくなった。

「酒は?」

「女中さんにたのみました。すぐ持ってまいりますって。このごろは、へんに、ややこしくって、いやねえ。」

ウイスキイ、つまみもの、煙草《たばこ》。女中は、盗人の如《ごと》く足音を忍ばせて持ち運んで来た。

「おしずかに、お飲みになって下さいよ。」

「心得ている。」

鶴は、大闇師のように、泰然とそう答えて、笑った。

その下には紺碧《こんぺき》にまさる青き流れ、
その上には黄金《こがね》なす陽の光。
されど、
憩《いこ》いを知らぬ帆は、
嵐《あらし》の中にこそ平穏のあるが如くに、
せつに狂瀾怒濤《きょうらんどとう》をのみ求むる也《なり》。

あわれ、あらしに憩いありとや。鶴は所謂《いわゆる》文学青年では無い。頗《すこぶ》るのんきな、スポーツマンである。けれども、恋人の森ちゃんは、いつも文学の本を一冊か二冊、ハンドバッグの中に入れて持って歩いて、そうしてけさの、井の頭公園のあいびきの時も、レエルモントフとかいう、二十八歳で決闘して倒れたロシヤの天才詩人の詩集を鶴に読んで聞かせて、詩などには、ちっとも何も興味の無かった鶴も、その詩集の中の詩は、すべて大いに気にいって、殊《こと》にも「帆」という題の若々しく乱暴な詩は、最も彼の現在の恋の心にぴったりと来たのだそうで、彼は森ちゃんに命じて何度も何度も繰りかえして朗読させたものである。

嵐の中にこそ、平穏、……。あらしの中にこそ、……。

鶴は、スズメを相手に、豆ランプの光のもとでウイスキイを飲み、しだいに楽しく酔って行った。午後十時ちかく、部屋の電燈《でんとう》がパッとついたが、しかし、その時にはもう、電燈の光も、豆ランプのほのかな光さえ、鶴には必要でなかった。

あかつき。

ドオウン。その気配を見た事のあるひとは知っているだろう。日の出以前のあの暁《ドオウン》の気配は、決して爽快《そうかい》なものではない。おどろおどろ神々の怒りの太鼓の音が聞えて、朝日の光とまるっきり違う何の光か、ねばっこい小豆色の光が、樹々《きぎ》の梢《こずえ》を血なま臭く染める。陰惨、酸鼻の気配に近い。

鶴は、厠《かわや》の窓から秋のドオウンの凄《すご》さを見て、胸が張り裂けそうになり、亡者のように顔色を失い、ふらふら部屋へ帰り、口をあけて眠りこけているスズメの枕元《まくらもと》にあぐらをかき、ゆうべのウイスキイの残りを立てつづけにあおる。

金はまだある。

酔いが発して来て、蒲団《ふとん》にもぐり込み、スズメを抱く。寝ながら、またウイスキイをあおる。とろとろと浅く眠る。眼がさめる。にっちもさっちも行かない自分のいまの身の上が、いやにハッキリ自覚せられ、額に油汗がわいて出て来て、悶《もだ》え、スズメにさらにウイスキイを一本買わせる。飲む。抱く。とろとろ眠る。眼がさめると、また飲む。

やがて夕方、ウイスキイを一口飲みかけても吐きそうになり、

「帰る。」

と、苦しい息の下から一ことそう言うのさえやっとで、何か冗談を言おうと思っても、すぐ吐きそうになり、黙って這《は》うようにして衣服を取りまとめ、スズメに手伝わせて、どうやら身なりを整え、絶えず吐き気とたたかいながら、つまずき、よろめき、日本橋の待合「さくら」を出た。

外は冬ちかい黄昏。あれから、一昼夜。橋のたもとの、夕刊を買う人の行列の中にはいる。三種類の夕刊を買う。片端から調べる。出ていない。出ていないのが、かえって不安であった。記事差止め。秘密裡《ひみつり》に犯人を追跡しているのに違い無い。

こうしては、おられない。金のある限りは逃げて、そうして最後は自殺だ。

鶴は、つかまえられて、そうして肉親の者たち、会社の者たちに、怒られ悲しまれ、気味悪がられ、ののしられ、うらみを言われるのが、何としても、イヤで、おそろし

くてたまらなかった。

しかし、疲れている。

まだ、新聞には出ていない。

鶴は度胸をきめて、会社の世田谷の寮に立ち向う。自分の巣で一晩ぐっすり眠りたかった。

寮では六畳一間に、同僚と三人で寝起きしている。同僚たちは、まちに遊びに出たらしく、留守である。この辺は所謂便乗線とかいうものなのか、電燈はつく。鶴の机の上には、コップに投げいれられた銭菊《ぜにぎく》が、少し花弁が黒ずんでしなびたまま、主人の帰りを待っていた。

黙って蒲団をひいて、電燈を消して、寝た、が、すぐまた起きて、電燈をつけて、寝て、片手で顔を覆《おお》い、小声で、あああ、と言って、やがて、死んだように深く眠る。

朝、同僚のひとりにゆり起された。

「おい、鶴。どこを、ほっつき歩いていたんだ。三鷹の兄さんから、何べんも会社へ電話が来て、われわれ弱ったぞ。鶴がいたなら、大至急、三鷹へ寄こしてくれるようにという電話なんだ。急病人でも出来たんじゃないか？　ところがお前は欠勤で、寮にも帰って来ないし、森ちゃんも心当りが無いと言うし、とにかくきょうは三鷹へ行って見ろ。ただ事でないような兄さんの口調だったぜ。」

鶴は、総毛立つ思いである。

「ただ、来いとだけ言ったのか。他には、何も？」

既にはね起きてズボンをはいている。

「うん、何でも急用らしい。すぐ行って来たほうがいい。」

「行って来る。」

何が何だか、鶴にはわけがわからなくなって来た。自分の身の上が、まだ、世間とつながる事が出来るのか。一瞬、夢見るような気持になったが、あわててそれを否定した。自分は人類の敵だ。殺人鬼である。

既に人間では無いのである。世間の者どもは全部、力を集中してこの鬼一匹を追い廻しているのだ。もはや、それこそ蜘蛛《くも》の巣のように、自分をつかまえる網が行く先、行く先に張りめぐらされているのかも知れぬ。しかし、自分にはまだ金がある。金さえあれば、つかのまでも、恐怖を忘れて遊ぶ事が出来る。逃げられるところまでは、逃げてみたい。どうにもならなくなった時には、自殺。

鶴は洗面所で歯を強くみがき、歯ブラシを口にふくんだまま食堂に行き、食卓に置かれてある数種類の新聞のうらおもてを殺気立った眼つきをして調べる。出ていない。

どの新聞も、鶴の事に就いては、ひっそり沈黙している。この不安。スパイが無言で自分の背後に立っているような不安。ひたひたと眼に見えぬ洪水が闇の底を這って押し寄せて来ているような不安。いまに、ドカンと致命的な爆発が起りそうな不安。

鶴は洗面所で嗽《うが》いして、顔も洗わず部屋へ帰って押入れをあけ、自分の行李《こうり》の中から、夏服、シャツ、銘仙の袷《あわせ》、兵古帯《へこおび》、毛布、運動靴、スルメ三把《ば》、銀笛、アルバム、売却できそうな品物を片端から取り出して、リュックにつめ、机上の目覚時計までジャンパーのポケットにいれて、朝食もとらず、

「三鷹へ行って来る。」

と、かすれた声で呟《つぶや》くように言い、リュックを背負っておろおろ寮を出る。

まず、井の頭線で渋谷《しぶや》に出る。渋谷で品物を全部たたき売る。リュックまで売り捨てる。五千円以上のお金がはいった。

渋谷から地下鉄。新橋下車。銀座のほうに歩きかけて、やめて、川の近くのバラックの薬局から眠り薬ブロバリン、二百錠入を一箱買い求め、新橋駅に引きかえし、大阪行きの切符と急行券を入手した。大阪へ行ってどうするというあても無いのだが、汽車に乗ったら、少しは不安も消えるような気がしたのであった。それに、鶴はこれまで一度も関西に行った事が無い。この世のなごりに、関西で遊ぶのも悪くなかろう。

関西の女は、いいそうだ。自分には、金があるのだ。一万円ちかくある。

駅の附近のマーケットから食料品をどっさり仕入れ、昼すこし過ぎ、汽車に乗る。急行列車は案外にすいていて、鶴は楽に座席に腰かけられた。

汽車は走る。鶴は、ふと、詩を作ってみたいと思った。無趣味な鶴にとって、それは奇怪といってもよいほど、いかにも唐突きわまる衝動であった。たしかに生れてはじめて味う本当にへんな誘惑であった。人間は死期が近づくにつれて、どんなに俗な野暮天でも、奇妙に、詩というものに心をひかれて来るものらしい。辞世の歌とか俳句とかいうものを、高利貸でも大臣でも、とかくよみたがるようではないか。

鶴は、浮かぬ顔して、首を振り、胸のポケットから手帖《てちょう》を取り出し、鉛筆をなめた。うまく出来たら、森ちゃんに送ろう。かたみである。

鶴は、ゆっくり手帖に書く。

われに、ブロバリン、二百錠あり。
飲めば、死ぬ。
いのち、

それだけ書いて、もうつまってしまった。あと、何も書く事が無い。読みかえしてみても一向に、つまらない。下手である。鶴は、にがいものを食べたみたいに、しんから不機嫌そうに顔をしかめた。手帖のそのページを破り捨てる。詩は、あきらめて、こんどは、三鷹の義兄に宛《あ》てた遺書の作製をこころみる。

私は死にます。
こんどは、犬か猫になって生れて来ます。

もうまた、書く事が無くなった。しばらく、手帖のその文面を見つめ、ふっと窓のほうに顔をそむけ、熟柿《じゅくし》のような醜い泣きべその顔になる。

さて、汽車は既に、静岡県下にはいっている。

それからの鶴の消息に就いては、鶴の近親の者たちの調査も推測も行きとどかず、どうもはっきりは、わからない。

五日ほど経《た》った早朝、鶴は、突如、京都市左京区の某商会にあらわれ、かつて戦友だったとかいう北川という社員に面会を求め、二人で京都のまちを歩き、鶴は軽快に古着屋ののれんをくぐり、身につけていたジャンパー、ワイシャツ、セーター、ズボン、冗談を言いながら全部売り払い、かわりに古着の兵隊服上下を買い、浮いた金で昼から二人で酒を飲み、それから、大陽気で北川という青年とわかれ、自分ひとり京阪四条駅から大津に向う。なぜ、大津などに行ったのかは不明である。

宵の大津をただふらふら歩き廻り、酒もあちこちで、かなり飲んだ様子で、同夜八時頃、大津駅前、秋月旅館の玄関先に泥酔《でいすい》の姿で現われる。

江戸っ子らしい巻舌で一夜の宿を求め、部屋に案内されるや、すぐさま仰向に寝ころがり、両脚を烈《はげ》しくばたばたさせ、番頭の持って行った宿帳には、それでもちゃんと正しく住所姓名を記し、酔い覚めの水をたのみ、やたらと飲んで、それから、その水でブロバリン二百錠一気にやった模様である。

鶴の死骸《しがい》の枕元には、数種類の新聞と五十銭紙幣二枚と十銭紙幣一枚、それだけ散らばって在ったきりで、他には所持品、皆無であったそうである。

鶴の殺人は、とうとう、どの新聞にも出なかったけれども、鶴の自殺は、関西の新聞の片隅に小さく出た。

京都の某商会に勤めている北川という青年はおどろき、大津に急行する。宿の者とも相談し、とにかく、鶴の東京の寮に打電する。寮から、人が、三鷹の義兄の許《もと》に馳《は》せつける。

姉の左腕の傷はまだ糸が抜けず、左腕を白布で首に吊《つ》っている。義兄は、相変らず酔っていて、

「おもて沙汰《ざた》にしたくねえので、きょうまであちこち心当りを捜していたのが、わるかった。」

姉はただもう涙を流し、若い者の阿呆《あほ》らしい色恋も、ばかにならぬと思い知る。

（「中央公論」昭和二十三年一月号）

酒の追憶

酒の追憶とは言っても、酒が追憶するという意味ではない。酒についての追憶、もしくは、酒についての追憶ならびに、その追憶を中心にしたもろもろの過去の私の生活形態についての追憶、とでもいったような意味なのであるが、それでは、題名として長すぎるし、また、ことさらに奇をてらったキザなもののような感じの題名になることをおそれて、かりに「酒の追憶」として置いたままでの事である。

私はさいきん、少しからだの調子を悪くして、神妙にしばらく酒から遠ざかっていたのであるが、ふと、それも馬鹿《ばか》らしくなって、家の者に言いつけ、お酒をお燗《かん》させ、小さい盃《さかずき》でチビチビ二合くらい飲んでみた。そうして私は、実に非常なる感慨にふけった。

お酒は、それは、お燗して、小さい盃でチビチビ飲むものにきまっている。当り前の事である。私が日本酒を飲むようになったのは、高等学校時代からであったが、どうも日本酒はからくて臭くて、小さい盃でチビチビ飲むのにさえ大いなる難儀を覚え、キュラソオ、ペパミント、ポオトワインなどのグラスを気取った手つきで口もとへ持って行って、少しくなめるという種族の男で、そうして日本酒のお銚子《ちょうし》を並べて騒いでいる生徒たちに、嫌悪《けんお》と侮蔑《ぶべつ》と恐怖を感じていたものであった。いや、本当の話である。

けれども、やがて私も、日本酒を飲む事に馴《な》れたが、しかし、それは芸者遊びなどしている時に、芸者にあなどられたくない一心から、にがいにがいと思いつつ、チビチビやって、そうして必ず、すっくと立って、風の如《ごと》く御不浄に走り行き、涙を流して吐いて、とにかく、必ず呻《うめ》いて吐いて、それから芸者に柿《かき》などむいてもらって、真蒼《まっさお》な顔をして食べて、そのうちにだんだん日本酒にも馴れた、という甚《はなは》だ情無い苦行の末の結実なのであった。

小さい盃で、チビチビ飲んでも、既にかくの如き過激の有様である。いわんや、コップ酒、ひや酒、ビイルとチャンポンなどに到っては、それはほとんど戦慄《せんりつ》の自殺行為と全く同一である、と私は思い込んでいたのである。

いったい昔は、独酌でさえあまり上品なものではなかったのである。必ずいちいち、お酌をさせたものなのである。酒は独酌に限りますなあ、なんて言う男は、既に少し荒《すさ》んだ野卑な人物と見なされたものである。小さい盃の中の酒を、一息にぐいと飲みほしても、周囲の人たちが眼を見はったもので、まして独酌で二三杯、ぐいぐいつづけて飲みほそうものなら、まずこれはヤケクソの酒乱と見なされ、社交界から追放の憂目《うきめ》に遭ったものである。

あんな小さい盃で二、三杯でも、もはやそのような騒ぎなのだから、コップ酒、茶碗《ちゃわん》酒などに到っては、まさしく新聞だねの大事件であったようである。これは新派の芝居のクライマックスによく利用せられていて、

「ねえさん！　飲ませて！　たのむわ！」

と、色男とわかれた若い芸者は、お酒のはいっているお茶碗を持って身悶《みもだ》えする。ねえさん芸者そうはさせじと、その茶碗を取り上げようと、これまた身悶えして、

「わかる、小梅さん、気持はわかる、だけど駄目。茶碗酒の荒事《あらごと》なんて、あなた、私を殺してからお飲み。」

そうして二人は、相擁して泣くのである。そうしてその狂言では、このへんが一ばん手に汗を握らせる、戦慄と興奮の場面になっているのである。

これが、ひや酒となると、尚《なお》いっそう凄惨《せいさん》な場面になるのである。うなだれている番頭は、顔を挙げ、お内儀《かみ》のほうに少しく膝《ひざ》をすすめて、声ひそめ、

「申し上げてもよろしゅうございますか。」

と言う。何やら意を決したもののようである。

「ああ、いいとも。何でも言っておくれ。どうせ私は、あれの事には、呆《あき》れはててい

るのだから。」

若旦那《わかだんな》の不行跡に就いて、その母と、その店の番頭が心配している場面のようである。

「それならば申し上げます。驚きなすってはいけませんよ。」

「だいじょうぶだってば！」

「あの、若旦那は、深夜台所へ忍び込み、あの、ひやざけ、……」と言いも終らず番頭、がっぱと泣き伏し、お内儀、

「げえっ！」とのけぞる。木枯しの擬音。

ほとんど、ひや酒は、陰惨きわまる犯罪とされていたわけである。いわんや、焼酎《しょうちゅう》など、怪談以外には出て来ない。

変れば変る世の中である。

私がはじめて、ひや酒を飲んだのは、いや、飲まされたのは、評論家古谷綱武《ふるやつなたけ》君の宅に於《お》てである。いや、その前にも飲んだ事があるのかも知れないが、その時の記憶がイヤに鮮明である。その頃、私は二十五歳であったと思うが、古谷君たちの「海豹《かいひょう》」という同人雑誌に参加し、古谷君の宅がその雑誌の事務所という事になっていたので、私もしばしば遊びに行き、古谷君の文学論を聞きながら、古谷君の酒を飲んだ。

その頃の古谷君は、機嫌のいい時は馬鹿にいいが、悪い時はまたひどかった。たしか早春の夜と記憶するが、私が古谷君の宅へ遊びに行ったら古谷君は、

「君、酒を飲むんだろう?」

と、さげすむような口調で言ったので、私も、むっとした。なにも私のほうだけが、いつもごちそうのなりっ放しになっているわけではない。

「そんな言いかたをするなよ。」

私は無理に笑ってそう言った。

すると古谷君も、少し笑って、

「しかし、飲むんだろう?」

「飲んでもいい。」

「飲んでもいい、じゃない。飲みたいんだろう?」

古谷君には、その頃、ちょっとしつっこいところがあった。私は帰ろうかと思った。

「おうい。」と、古谷君は細君を呼んで、「台所にまだ五ん合くらいお酒が残っているだろう。持って来なさい。瓶《びん》のままでいい。」

私はもう少し、いようかと思った。酒の誘惑はおそろしいものである。細君が、お酒の「五ん合」くらいはいっているー升瓶を持って来た。

「お燗をつけなくていいんですか？」

「かまわないだろう。その茶呑《ちゃのみ》茶碗にでも、ついでやりなさい。」

古谷君は、ひどく傲然《ごうぜん》たるものである。

私も向っ腹が立っていたので、黙ってぐいと飲んだ。私の記憶する限りに於ては、これが私の生れてはじめての、ひや酒を飲んだ経験であった。

古谷君は懐手して、私の飲むのをじろじろ見て、そうして私の着物の品評をはじめた。

「相変らず、いい下着を着ているな。しかし君は、わざと下着の見えるような着附けをしているけれども、それは邪道だぜ。」

その下着は、故郷のお婆《ばあ》さんのおさがりだった。私は、いよいよ面白くない気持で、なおもがぶがぶ、生れてはじめてのひや酒を手酌で飲んだ。一向に酔わない。

「ひや酒ってのは、これや、水みたいなものじゃないか。ちっとも何とも無い。」

「そうかね。いまに酔うさ。」

たちまち、五ん合飲んでしまった。

「帰ろう。」

「そうか。送らないぜ。」

私はひとり、古谷君の宅を出た。私は夜道を歩いて、ひどく悲しくなり、小さい声で、

わたしゃ
売られて行くわいな

という、お軽の唄《うた》をうたった。

突如、実にまったく突如、酔いが発した。ひや酒は、たしかに、水では無かった。ひどく酔って、たちまち、私の頭上から巨大の竜巻が舞い上り、私の足は宙に浮き、ふわりふわりと雲霧の中を掻《か》きわけて進むというあんばいで、そのうちに転倒し、

わたしゃ
売られて行くわいな

と小声で呟《つぶや》き、起き上って、また転倒し、世界が自分を中心に目にもとまらぬ速さで回転し、

わたしゃ
売られて行くわいな

その蚊の鳴くが如き、あわれにかぼそいわが歌声だけが、はるか雲煙のかなたから聞えて来るような気持で、

わたしゃ
売られて行くわいな
また転倒し、また起き上り、れいの「いい下着」も何も泥まみれ、下駄《げた》を見失い、足袋はだしのままで、電車に乗った。

その後、私は現在まで、おそらく何百回、何千回となく、ひや酒を飲んだが、しかし、あんなにひどいめに逢《あ》った事が無かった。

ひや酒に就いて、忘れられないなつかしい思い出が、もう一つある。

それを語るためには、ちょっと、私と丸山定夫君との交友に就いて説明して置く必要がある。

太平洋戦争のかなりすすんだ、あれは初秋の頃であったか、丸山定夫君から、次のような意味のおたよりをいただいた。

ぜひいちど訪問したいが、よろしいだろうか、そうしてその折、私ともう一人のやつを連れて行きたい、そのやつとも逢ってやっては下さるまいか。

私はそれまでいちども丸山君とは、逢った事も無いし、また文通した事も無かったのである。しかし、名優としての丸山君の名は聞いて知っていたし、また、その舞台姿も拝見した事がある。私は、いつでもおいで下さい、と返事を書いて、また拙宅に到る道筋の略図なども書き添えた。

数日後、丸山です、とれいの舞台で聞き覚えのある特徴のある声が、玄関に聞えた。私は立って玄関に迎えた。

丸山君おひとりであった。

「もうひとりのおかたは？」

丸山君は微笑して、

「いや、それが、こいつなんです。」

と言って風呂敷《ふろしき》から、トミイウイスキイの角瓶を一本取り出して、玄関の式台の上に載せた。洒落《しゃれ》たひとだ、と私は感心した。その頃は、いや、いまでもそうだが、トミイウイスキイどころか、焼酎でさえめったに我々の力では入手出来なかったのである。

「それから、これはどうも、ケチくさい話なんですが、これを半分だけ、今夜二人で飲むという事にさせていただきたいんですけど。」

「あ、そう。」

半分は、よそへ持って行くんだろう。こんな高級のウイスキイなら、それは当然の事だ、と私はとっさに合点して、

「おい。」

と女房を呼び、

「何か瓶を持って来てくれないか。」

「いいえ、そうじゃないんです。」

と丸山君はあわて、

「半分は今夜ここで二人で飲んで、半分はお宅へ置いて行かせていただくつもりなんです。」

私は、丸山君をいよいよ洒落たひとだ、と唸《うな》るくらいに感服した。私たちなら、一升さげて友人の宅へ行ったら、それは友人と一緒にたいらげる事にきめてしまっていて、また友人のほうでも、それは当然の事と思っているのだ。甚だしきに到っては、ビイルを二本くらい持参して、まずそれを飲み、とても足りっこ無いんだから、主人のほうから何か飲み物を釣り出すという所謂《いわゆる》、海老《えび》鯛《たい》式の作法さえ時たま行われているのである。

とにかく私にとって、そのような優雅な礼儀正しい酒客の来訪は、はじめてであった。

「なあんだ、そんなら一緒に今夜、全部飲んでしまいましょう。」

私はその夜、実にたのしかった。丸山君は、いま日本で自分の信頼しているひとは、あなただけなんだから、これからも附合ってくれ、と言い、私は見っともないくらいそりかえって、いい気持になり、調子に乗って誰彼を大声で罵倒《ばとう》しはじめ、おとなしい丸山君は少しく閉口の気味になったようで、

「では、きょうはこれくらいにして、おいとまします。」

と言った。

「いや、いけません。ウイスキイがまだ少し残っている。」

「いや、それは残して置きなさい。あとで残っているのに気が附いた時には、また、わるくないものですよ。」

苦労人らしい口調で言った。

私は丸山君を吉祥寺駅まで送って行って、帰途、公園の森の中に迷い込み、杉の大木に鼻を、イヤというほど強く衝突させてしまった。

翌朝、鏡を見ると、目をそむけたいくらいに鼻が赤く、大きくはれ上っていて、鬱々《うつうつ》として楽しまず、朝の食卓についた時、家の者が、

「どうします？　アペリチイフは？　ウイスキイが少し残っていてよ。」

救われた。なるほど、お酒は少し残して置くべきものだ。善い哉《かな》、丸山君の思いや

り。私はまったく、丸山君の優しい人格に傾倒した。

丸山君は、それからも、私のところへ時々、速達をよこしたり、またご自身迎えに来てくれたりして、おいしいお酒をたくさん飲めるさまざまの場所へ案内した。次第に東京の空襲がはげしくなったが、丸山君の酒席のその招待は変る事なく続き、そうして私は、こんどこそ私がお勘定を払って見せようと油断なく、それらの酒席の帳場に駈《か》け込んで行っても、いつも、「いいえ、もう丸山さんからいただいております。」という返事で、ついに一度も、私が支払い得なかったという醜態ぶりであった。

「新宿の秋田、ご存じでしょう！　あそこでね、今夜、さいごのサーヴィスがあるそうです。まいりましょう。」

その前夜、東京に夜間の焼夷弾《しょういだん》の大空襲があって、丸山君は、忠臣蔵の討入のような、ものものしい刺子《さしこ》の火事場装束で、私を誘いにやって来た。ちょうどその時、伊《い》馬春部《まはるべ》君も、これが最後かも知れぬと拙宅へ鉄かぶとを脊負《せお》って遊びにやって来ていて、私と伊馬君は、それは耳よりの話、といさみ立って丸山君のお伴《とも》をした。

その夜、秋田に於いて、常連が二十人ちかく、秋田のおかみは、来る客、来る客の目の前に、秋田産の美酒一升瓶一本ずつ、ぴたりぴたりと据えてくれた。あんな豪華な酒宴は無かった。一人が一升瓶一本ずつを擁して、それぞれ手酌で、大きいコップでぐいぐいと飲むのである。さかなも、大どんぶりに山盛りである。二十人ちかい常連は、それぞれ世に名も高い、といっても決して誇張でないくらいの、それこそ歴史的な酒豪ばかりであったようだが、しかし、なかなか飲みほせなかった様子であった。私はその頃は、既に、ひや酒でも何でも、大いに飲める野蛮人になりさがっていたのであるが、しかし、七合くらいで、もう苦しくなって、やめてしまった。秋田産のその美酒は、アルコール度もなかなか高いようであった。

「岡島さんは、見えないようだね。」

と、常連の中の誰かが言った。

「いや、岡島さんの家はね、きのうの空襲で丸焼けになったんです。」

「それじゃあ、来られない。気の毒だねえ、せっかくのこんないいチャンス、……」

などと言っているうちに、顔は煤《すす》だらけ、おそろしく汚い服装の中年のひとが、あたふたと店にはいって来て、これがその岡島さん。

「わあ、よく来たものだ。」

と皆々あきれ、かつは感嘆した。

この時の異様な酒宴に於《お》いて、最も泥酔《でいすい》し、最も見事な醜態を演じた人は、実にわが友、伊馬春部君そのひとであった。あとで彼からの手紙に依《よ》ると、彼は私たちとわかれて、それから目がさめたところは路傍で、そうして、鉄かぶとも、眼鏡も、鞄《かばん》も何も無く、全裸に近い姿で、しかも全身くまなく打撲傷を負っていたという。そうして、彼は、それが東京に於ける飲みおさめで、数日後には召集令状が来て、汽船に乗せられ、戦場へ連れられて行ったのである。

ひや酒に就いての追憶はそれくらいにして、次にチャンポンに就いて少しく語らせていただきたい。このチャンポンというのもまた、いまこそ、これは普通のようになっていて、誰もこれを無鉄砲なものとも何とも思っていない様子であるが、私の学生時代には、これはまた大へんな荒事《あらごと》であって、よほどの豪傑でない限り、これを敢行する勇気が無かった。私が東京の大学へはいって、郷里の先輩に連れられ、赤坂の料亭に行った事があるけれども、その先輩は拳闘家《けんとうか》で、中国、満洲《まんしゅう》を永い事わたり歩き、見るからに堂々たる偉丈夫、そうしてそのひとは、座敷に坐《すわ》るなり料亭の女中さんに、

「酒も飲むがね、酒と一緒にビイルを持って来てくれ。チャンポンにしなければ、俺は、酔えないんだよ。」

と実に威張って言い渡した。

そうしてお酒を一本飲み、その次はビイル、それからまたお酒という具合いに、交《かわ》る交る飲み、私はその豪放な飲みっぷりにおそれをなし、私だけは小さい盃《さかずき》でちびち

び飲みながら、やがてそのひとの、「国を出る時ゃ玉の肌、いまじゃ槍傷《やりきず》刀傷。」とかいう馬賊の歌を聞かされ、あまりのおそろしさに、ちっともこっちは酔えなかったという思い出がある。そうして、彼がそのチャンポンをやって、「どれ、小便をして来よう。」と言って巨軀《きょく》をゆさぶって立ち上り、その小山の如《ごと》きうしろ姿を横目で見て、ほとんど畏敬《いけい》に近い念さえ起り、思わず小さい溜息《ためいき》をもらしたものだが、つまりその頃、日本に於いてチャンポンを敢行する人物は、まず英雄豪傑にのみ限られていた、といっても過言では無いほどだったのである。

それがいまでは、どんなものか。ひや酒も、コップ酒も、チャンポンもあったものでない。ただ、飲めばいいのである。酔えば、いいのである。酔って目がつぶれたっていいのである。酔って、死んだっていいのである。カストリ焼酎《しょうちゅう》などという何が何やら、わけのわからぬ奇怪な飲みものまで躍り出して来て、紳士淑女も、へんに口をひんまげながらも、これを鯨飲《げいいん》し給う有様である。

「ひやは、からだに毒ですよ。」

など言って相擁して泣く芝居は、もはやいまの観客の失笑をかうくらいなものであろう。

さいきん私は、からだ具合いを悪くして、実に久しぶりで、小さい盃でちびちび一級酒なるものを飲み、その変転のはげしさを思い、呆然《ぼうぜん》として、わが身の下落の取りかえしのつかぬところまで来ている事をいまさらの如く思い知らされ、また同時に、身辺の世相風習の見事なほどの変貌《へんぼう》が、何やら恐ろしい悪夢か、怪談の如く感ぜられ、しんに身の毛のよだつ思いをしたことであった。

（「地上」昭和二十三年一月号）

解説

奥野健男

この本は、太宰治の戦後の短篇小説で今まで新潮文庫に未収録の作品を中心に編集した。標題となっている『津軽通信』が、五つの短篇のシリーズになっているのが、この集のひとつの特色であり、それに合わせて、戦前期（昭和十四〜五年）、作者が短篇集ないし短片集と名付けて『皮膚と心』『東京八景』に集めた一連の掌篇小説七篇と、戦争期（昭和十八年）の『黄村先生言行録』『花吹雪』『不審庵《ふしんあん》』のいわゆる黄村先生シリーズ三篇を加えた。そのためこれまでの太宰治集と、いささか違った面白さと味が出ているのではないか。太宰治もこういう遊びや試みもしていたのかと、読者は新たな興味を抱かれるに違いない。

収録順に解説して行こう。

『短篇集』は十枚から二十枚前後という掌篇小説と言ってもよいような作品七篇から成っている。そのうち『ア、秋』『女人訓戒』『座興に非《あら》ず』『デカダン抗議』は昭和十五年四月竹村書房刊の作品集『皮膚と心』の中に『短片集』として一括され、『一燈《いっとう》』『失敗園』『リイズ』は、昭和十六年五月の実業之《の》日本社刊の作品集『東京八景』の中で『短篇集』として一括され収録されている。そして昭和三十年刊の筑摩《ちくま》書房版太宰治全集では第三巻に七篇が『短篇集』として収められている。

いずれにせよ、作者太宰治が意図的に短い作品をシリーズとして集めたことは間違いがない。今日はこのような短い小説は、文芸雑誌にもほとんど発表されず（SF系のショート・ショートを除いては）、掌篇小説の形式はすたれたが、昭和戦前期には川端康成《やすなり》の『掌《たなごころ》の小説』はじめ、十枚、二十枚で小説の技倆《ぎりょう》を競うことが多かった。この『短篇集』を読むと太宰治は短篇作家として天才的な才能を持っていたことがわかる。

『ア、秋』は「若草」（昭和十四年十月号）に発表されたものだが、まず題名が心を突き刺す。〈ア、秋〉よくもこんな題名を考えたものだ。詩人のノートに収蒐《しゅうしゅう》された言葉の断片を紹介するという戯画的なかたちをとっているが、言葉の魔術師太宰治の見本市という観がある。〈トンボ。スキトオル。〉〈コスモス、無残。〉はじめ病的なまでにとぎすまされた作者のデカダンスの感覚と精神状況が表現されていて、たまらない気がする。

『女人訓戒』は「作品倶楽部」(昭和十五年一月号)に発表されたもので、戦後の『女類』『男女同権』に通じる作者の女性恐怖とややゆとがまじった鋭いが少しく嫌味がかった作品と言えよう。『座興に非ず』は「文学者」(昭和十四年九月号)に発表されたもので、故郷に通じる上野駅の光景の中に自殺に通じる作者のぎりぎりの心情が表現されている。『デカダン抗議』は「文芸世紀」(昭和十四年十一月号)に発表されたもので、故郷の家での少年時の思い出の憧《あこが》れの芸者を青年になって追うという作品で、津軽での作者の生い立ちの雰囲気が濃厚に出ていて貴重だが、読んでいていささか苦しくはずかしい気持にもなる。

『一燈』は「文芸世紀」(昭和十五年十一月号)に発表されたもので、兄への複雑な心境を、皇太子誕生を祝う当時の国民感情の中で表現している。今から見れば時代迎合の作品と読むことは易《やさ》しいが、当時こういう題材を用いて自己のぎりぎりの芸術家的心情を描くことはかえって曲芸的勇気が必要だったのではないか。『失敗園』は「東西」(昭和十五年九月号)に発表された。家の庭のあわれな植物たちを戯《たわむ》れに描きながら、こまかい観察の中に作者の当時の心情が仮托《かたく》されている。『リイズ』はラジオ放送用原稿として書かれたものだが、売れない青年画家とその母と失格モデルの女性をめぐってのほのぼのとした人間性を表現している。太宰はこういう心暖かい小説の名手でもあったのだ。『短篇集』は、太宰治の感情の倉庫、あるいは可能性の実験室という趣がある。

『黄村先生言行録』シリーズは、戦争も悪化した昭和十八年の作品である。もはやともに正面から時代や権力を批判できず、自己主張も困難になったときの、作者の韜《とう》晦《かい》の一方法であったろう。太宰治には珍しい、あるいは太宰らしからぬ作風である。ぼくは今まで黄村先生シリーズを余り評価していなかった。だいいち黄村先生という老人の性格がはっきりとせぬ。伊《い》藤《とう》整の「得能《とくのう》五郎」や中野重治《しげはる》の「車善六」のように自己を仮托し、時代を諷刺《ふうし》する文学と違って、「黄村先生」の性格はかなりあいまいである。しかし今度読み直してあの悪時代に発表できるためのきわめて巧妙な仕掛であるようにも思われて来た。

『黄村先生言行録』は「文学界」(昭和十八年一月号)に発表された。隠居生活を送っている黄村先生の言行を、弟子の若い文学者が記録するという形式で、黄村先生がいかに風流に疎《うと》いかをユーモラスに描きながら、山椒魚《さんしょううお》に夢中になり、これこそ日本の古代からの誇りだと強調するあたりに当時の国粋主義的風潮への諷刺がうかがえる。

『花吹雪』(雑誌未発表)は黄村先生を用いて、武道について語った小説で、鷗外《おうがい》はじめさまざまの日本人の武道との関係が巧みに描かれている。神聖視されていた宮本武蔵《むさし》の「独行道《どっこうどう》」をいちいちひっくり返しているのがおもしろい。あの時代こういうことを書くのはよくよくの勇気が必要であったろう。『不審庵』は「文芸世紀」（昭和十八年十月号）に発表され、今度は茶道をとことんまで諷刺している。黄村先生という失敗の多い滑稽《こっけい》な老人を用い、当時の日本精神を諷刺しようという意図のシリーズだが、作者はもうひとつ黄村先生に乗り切れなかったきらいがあり、この三作で打切っている。当時太宰治は三十四歳、黄村先生という老人に自己を仮託するには、若過ぎたのかも知れない。

そして敗戦、太宰治と敗戦体験のことは今まで新潮文庫の解説にも何度も書いて来たので繰返さない。

〈私は新聞連載の長編一つと、短篇小説をいくつか書いた。短篇小説には、独自の技法があるように思われる。短かければ短篇というものではない。外国でも遠くはデカメロンあたりから発して、近世では、メリメ、モオパスサン、ドオデエ、チェホフなんて、まあいろいろあるだろうが、日本では殊《こと》にこの技術が昔から発達していた国で、何々物語というもののほとんど全部がそれであったし、また近世では西鶴《さいかく》なんて大物も出て、明治では鷗外がうまかったし、大正では、直哉《なおや》だの善蔵だの龍之介《りゅうのすけ》だの菊池寛《ひろし》だの、短篇小説の技法を知っている人も少くなかったが、昭和のはじめでは、井伏さんが抜群のように思われたくらいのもので、最近に到ってまるでもう駄目になった。皆ただ、枚数が短いというだけのものである。戦争が終って、こんどは好きなものを書いてもいいという事であったので、私は、この短篇小説のすたれた技法を復活させてやれと考えて、三つ四つ書いて雑誌社に送ったりなどしているうちに、何だかひどく憂鬱《ゆううつ》になって来た。……〉(『十五年間』)

ここから太宰治は『冬の花火』『春の枯葉』の戯曲、『トカトントン』『親友交歓』そして上京後の『父』『ヴィヨンの妻』へと凄絶《せいぜつ》に下降して行くのだが。

こういう気持で疎開先《そかいさき》の故郷津軽で書いた五つの短篇は『冬の花火』(昭和二十二年七月、中央公論社刊)において『津軽通信』の名で一括された。ここに、戦後再び自由の時代に短篇小説を復活させようとする心の躍りと、書いているうちに意外にもつまらなくなって来た心情を、読者は感じとることができるだろう。

『庭』は「新小説」(昭和二十一年一月号)に発表された。疎開先の津軽での生家、特に長兄との微妙な心のやりとりを描いている。太宰と故郷の生家との関係を知る上に興味深い。

『やんぬる哉《かな》』は「月刊読売」(昭和二十一年三月号)に発表された。着のみ着のままで焼出された都会からの疎開人に対する地方の農民の非情さ、無理解さへの怒りを、中学の同級生という医師のお人善しというより本質的に無知で、人間の心を理解しない言動を通してこまかく描き徹底的に復讐《ふくしゅう》している。『親友交歓』の原型とも言うべき、太宰のもっとも嫌ったタイプの人間のエゴイズムへのどうにもならない怒りと嫌《けん》悪《お》がしめされている。

『親という二字』は「新風」(昭和二十一年一月号)に発表された作品で、故郷の郵便局で知りあった無筆の老人との交際を書いた辛い話だが、その背後に貯金や保険金を残して焼死した若い女性のかなしいすがたが浮んでくる。

『嘘《うそ》』は「新潮」(昭和二十一年二月号)に発表された。戦争末期の大雪の中での入隊拒否の脱走兵の事件をめぐって、それをかばう若く美しい妻の見事な嘘の言動を描いている。簡潔な文体の中にカミソリのような鋭さで一語一字の改変も許さない完璧《かんぺき》な短篇小説になっている。そこに女の持っているおそろしさ、神秘さを見事に造型している。結末の言葉が利《き》いている。

『雀《すずめ》』は「思潮」(昭和二十一年十月号)に発表された。故郷のローカル線で復員して来た幼なじみの旧友と会うという心暖まる場面から、その旧友の、戦争によって得た無意識のサディズムを文学化している。伊《い》東《とう》の療養所の生活でもっとも愛していた射的場の少女のこんもりした膝《ひざ》を、雀のように射《う》ってしまった心情が、カッタン、カッタンと動く金属雀と生身の女体との対照によって鮮やかに描かれている。『嘘』『雀』は太宰治の短篇の中でも傑出した短篇小説である。

しかし昭和二十一年、太宰治の心は既に暗鬱《あんうつ》であった。『パンドラの匣《はこ》』を書き出したときのような未来への、人間革命の希望は消えていた。もっと深い人間の、世界の暗部を見きわめる道に進んで行く。はじめ『津軽通信』を書くときのような、短篇小説を復活させたいという文学上形式上の願いより、もっと深い場所に向って行く。『未帰還の友に』は「潮流」（昭和二十一年五月号）に発表された作品だが、若い友人が帰って来ないのに、齢上《としうえ》の自分がなにをおめおめ生きているかという痛切な心情があらわれている。友人の出征前の酒を飲むための愚行、いや若い友人に甘えた言行がひとつひとつ苦しい思い出になって来る。ぼくはこの作品に太宰治の戦後におけるほんとうの心を見るのである。こういう友人が帰って来なければ、太宰治にとって自分が生きていることはただ辛《つら》い罪であったのだ。

『チャンス』は「芸術」（昭和二十一年七月号）に発表された作品である。高校生時代の一夜のやや滑稽な体験を語っている。その割に前半が珍しく理屈っぽく長過ぎるが、それはそれなりに太宰のエッセイとしておもしろい。

『女神』は「日本小説」（昭和二十二年五月号）で、かつての青白きインテリであった友人が満州の敗戦期の苦労から完全な狂人になってしまった言動を、たじろがずにこまかく描写している。こういうところが太宰治の隠れた強さである。意外に辛抱強い。その力が結末の鮮やかなどんでん返しを可能にしている。

『犯人』は「中央公論」（昭和二十三年一月号）に発表された。太宰治の作品としては、乾いた非情な文体の作品である。この頃太宰治は軽みをめざしていたが、ここにはそれもない。志賀直哉の作品に似ているような感じであったが、座談会で志賀直哉はこの作品を徹底的に否定した。ここから太宰治の『如是我聞《にょぜがもん》』の志賀直哉批判がはじまるのだが、太宰治自身にも、何かいつもと違う異常さがある。間近い死を前にして疲れていたのだろうか。文章も発想も乾き過ぎている。井之頭《いのかしら》公園の男女の姿は痛々しく生きているが。

『酒の追憶』は「地上」（昭和二十三年一月号）に発表された。自殺する半年前の作品とは思えぬ落着きとたのしさと豊かさがあり、ほっと救われる気持になる。茶碗《ちゃわん》酒もヒヤ酒もチャンポン酒もデカダンスの表象と見られていた時代から、戦後乱世の飲み方を見る文明論にもなっている。広島で原爆死した名優丸山定夫氏との酒の交友の話は心暖まる。太宰治はこのような暖かい、余裕ある心も最後まで喪《うしな》わなかったのである。ユーモアも……。

（昭和五十六年十二月、文芸評論家）

太宰治著

お伽《とぎ》草紙

昔話のユーモラスな口調の中に、人間宿命の深淵をとらえた表題作ほか「新釈諸国噺」「清貧譚」等5編。古典や民話に取材した作品集。

太宰治著

グッド・バイ

被災・疎開・敗戦という未曽有の極限状況下の経験を我が身を燃焼させつつ書き残した後期の短編集。「苦悩の年鑑」「眉山」等16編。

太宰治著

二十世紀旗手

麻薬中毒と自殺未遂の地獄の日々――小市民のモラルと、既成の小説概念を否定し破壊せんとした前期作品集。「虚構の春」など7編。

太宰治著

惜別

仙台留学時代の若き魯迅と日本人学生との心あたたまる交友を描いた表題作と「右大臣実朝」――太宰文学の中期を代表する秀作2編。

太宰治著

パンドラの匣《はこ》

風変りな結核療養所で闘病生活を送る少年を描く「パンドラの匣」。社会への門出に当って揺れ動く中学生の内面を綴る「正義と微笑」。

太宰治著

新ハムレット

西洋の古典や歴史に取材した短編集。原典「ハムレット」の戯曲形式を生かし現代人の心理的葛藤を見事に描き込んだ表題作等5編。

井伏鱒二著

山《さん》椒《しょう》魚《うお》

大きくなりすぎて岩屋の棲家から永久に外へ出られなくなった山椒魚の狼狽をユーモア漂う筆で描く処女作「山椒魚」など初期作品12編。

井伏鱒二著

黒い雨

野間文芸賞受賞

一瞬の閃光に街は焼けくずれ、放射能の雨の中を人々はさまよい歩く……罪なき広島市民が負った原爆の悲劇の実相を精緻に描く名作。

井伏鱒二著

さざなみ軍記・ジョン万次郎漂流記

直木賞受賞

都を追われて瀬戸内海を転戦するなま若い平家の公達の胸中や、数奇な運命に翻弄される少年漁夫の行末等、著者会心の歴史名作集。

井伏鱒二著

荻窪風土記

時世の大きなうねりの中に、荻窪の風土と市井の変遷を捉え、土地っ子や文学仲間との交遊を綴る。半生の思いをこめた自伝的長編。

色川武大著

うらおもて人生録

優等生がひた走る本線のコースばかりが人生じゃない。愚かしくて不格好な人間が生きていく上での〝魂の技術〟を静かに語った名著。

色川武大著

百

川端康成文学賞受賞

百歳を前にして老耄の始まった元軍人の父親と、無頼の日々を過してきた私との異様な親子関係。急逝した著者の純文学遺作集。

新潮文庫最新刊

越谷オサム著
次の電車が来るまえに
故郷へ向かう新幹線。乗り合わせた人々から想起される父の記憶——。鉄道を背景にして心のつながりを描く人生のスケッチ、全5話。

西條奈加著
金春屋ゴメス
日本ファンタジーノベル大賞受賞
近未来の日本に「江戸国」が出現。入国した辰次郎は「金春屋ゴメス」こと長崎奉行馬込播磨守に命じられて、謎の流行病の正体に迫る。

石原慎太郎著
わが人生の時の時
海中深くで訪れる窒素酔い、ひとだまを摑まえた男、身をかすめた落雷の閃光、弟の臨終の一瞬。凄絶な瞬間を描く珠玉の掌編40編。

石原良純著
石原家の人びと
厳しくも温かい独特の家風を作り上げた父・慎太郎、昭和の大スター叔父・裕次郎——逸話と伝説に満ちた一族の意外な素顔を描く。

小林快次著
恐竜まみれ
—発掘現場は今日も命がけ—
カムイサウルス——日本初の恐竜全身骨格はこうして発見された。世界で知られる恐竜研究者が描く、情熱と興奮の発掘記。

小松貴著
昆虫学者はやめられない
〝化学兵器〟を搭載したゴミムシ、メスにプレゼントを贈るクモなど驚きに満ちた虫たちの世界を、気鋭の研究者が軽快に描き出す。

新潮文庫最新刊

D・キーン
角地幸男訳
石川啄木
貧しさにあえぎながら、激動の時代を疾走し、烈しい精神を歌に、日記に刻み続けた劇的な生涯を描く傑作評伝。現代日本人必読の書。

D・キーン
角地幸男訳
正岡子規
俳句と短歌に革命をもたらし、国民的文芸の域にまで高らしめた子規。その生涯と業績を綿密に追った全日本人必読の決定的評伝。

今野敏著
清明
―隠蔽捜査8―
神奈川県警に刑事部長として着任した竜崎伸也。指揮を執る中国人殺人事件の捜査が公安の壁に阻まれて――。シリーズ第二章開幕。

木皿泉著
カゲロボ
何者でもない自分の人生を、誰かが見守ってくれているのだとしたら――。心に刺さって抜けない感動がそっと寄り添う、連作短編集。

中山祐次郎著
俺たちは神じゃない
―麻布中央病院外科―
生真面目な剣崎と陽気な関西人の松島。確かな腕と絶妙な呼吸で知られる中堅外科医コンビがロボット手術中に直面した危機とは。

百田尚樹著
成功は時間が10割
成功する人は「今やるべきことを今やる」。社会は「時間の売買」で成り立っている。人生を豊かにする、目からウロコの思考法。

津《つ》軽《がる》通《つう》信《しん》

新潮文庫　た-2-15

昭和五十七年一月二十五日　発行
平成十六年十月二十五日　二十一刷改版
令和四年七月十五日　二十七刷

著者　太《だ》宰《ざい》治《おさむ》

発行者　佐藤隆信

発行所　株式会社　新潮社
郵便番号　一六二—八七一一
東京都新宿区矢来町七一
電話　編集部(〇三)三二六六—五四四〇
　　　読者係(〇三)三二六六—五一一一
https://www.shinchosha.co.jp

価格はカバーに表示してあります。

印刷・錦明印刷株式会社　製本・株式会社植木製本所
Printed in Japan

ISBN978-4-10-100615-4 C0193